LA MONTAÑA DE LUZ

LA MONTAÑA DE LUZ

Emilio Salgari

Título: La montaña de luz
Autor: Emilio Salgari
Editorial: Plaza Editorial, Inc.
email: plazaeditorial@email.com
© Plaza Editorial, Inc, 2013

ISBN-13: 978-1482051278
ISBN-10: 1482051273

www.plazaeditorial.com
Made in USA, 2013

ÍNDICE

CAPÍTULO 1 ...7
CAPÍTULO 2 ...15
CAPÍTULO 3 ...23
CAPÍTULO 4 ...29
CAPÍTULO 5 ...35
CAPÍTULO 6 ...44
CAPÍTULO 7 ...49
CAPÍTULO 8 ...56
CAPÍTULO 9 ...60
CAPÍTULO 10 ...67
CAPÍTULO 11 ...75
CAPÍTULO 12 ...80
CAPÍTULO 13 ...87
CAPÍTULO 14 ...96
CAPÍTULO 15 ...105
CAPÍTULO 16 ...115
CAPÍTULO 17 ...122
CAPÍTULO 18 ...132
CAPÍTULO 19 ...139
CAPÍTULO 20 ...144
CAPÍTULO 21 ...150
CAPÍTULO 22 ...158
CAPÍTULO 23 ...165
CAPÍTULO 24 ...171
CAPÍTULO 25 ...178
CAPÍTULO 26 ...186

CAPÍTULO 27 ...193
CAPÍTULO 28 ...198
CAPÍTULO 29 ...207
CAPÍTULO 30 ...212
CAPÍTULO 31 ...219
CAPÍTULO 32 ...225
CAPÍTULO 33 ...233
CAPÍTULO 34 ...239

CAPÍTULO 1

Una muy calurosa tarde de julio de 1843, un elefante de estatura gigantesca trepaba fatigosamente los últimos escalones del altiplano de Pannah, uno de los más salvajes y al mismo tiempo más pintorescos de la India central.

Como todos los paquidermos indostánicos, que solamente pueden mantener los potentados, llevaba sobre su dorso una rica gualdrapa azul, con bordes rojos, largos colgantes en las enormes orejas, una placa de metal dorado protegiéndole la frente y anchas cinchas destinadas a sostener el hauda, esa especie de casilla que puede contener unas seis personas cómodamente ubicadas.

Tres hombres montaban al coloso: primero su cornac; o sea, conductor, que se mantenía a caballo sobre el robusto pescuezo del animal, con las piernas ocultas bajo las gigantescas orejas, empuñando un pequeño arpón con punta de acero; más atrás, en el interior del hauda, viajaban los pasajeros, que por sus ropas parecían pertenecer a una elevada casta.

Mientras el primero desafiaba los rayos solares sin preocuparse casi, los otros dos estaban cómodamente ubicados en sendos cojines de seda dentro de la especie de torrecilla, cubierta por arriba con un toldillo de percal azul y dorado.

El mayor de los dos hombres era un hermoso representante de la raza indostánica, de unos cuarenta años, alto, delgado y de anchos hombros.

Vestía un amplio dootee de seda amarilla con adornos rojos, que caía en amplios pliegues, ajustándose en torno a su cintura por medio de una faja roja recamada en oro, y tenía la cabeza envuelta en un pañuelo.

Su compañero, en cambio, no demostraba más de treinta años y no tenía en absoluto aquel aire señorial que distingue en la India a las castas dominantes. Era un hombre de baja estatura, con miembros delgadísimos, piel muy bronceada y líneas irregulares que le hacían instantáneamente antipático a la vista. Su rostro estaba surcado por una larga cicatriz que le tornaba más desagradable aún.

Pese a que vestía como su acompañante, no era difícil reconocer en él a un miembro de una casta inferior.

Ninguno de los tres hablaba, ni siquiera el cornac, que guiaba al elefante distraídamente.

El hindú de la barba parecía adormecido. De no haberse producido a veces un ligero movimiento en su ceño, hubiera sido fácil creer que el sueño le dominaba. Su cuerpo mantenía una absoluta inmovilidad.

Entretanto, el paquidermo redoblaba sus esfuerzos para trepar aquellas erizadas pendientes. Bufaba, jadeaba con fuerza, agitaba la trompa aspirando ruidosamente el aire y probaba con mucho cuidado la tierra que pisaba, por temor de rodar.

Pese a la enorme cantidad de obstáculos que se interponían bajo sus colosales patas, el elefante continuaba ascendiendo intrépidamente, ansioso por llegar a las florestas que cubrían la parte superior del altiplano, donde podría gozar de un poco de sombra.

Ya había alcanzado los primeros árboles, cuando se le vio detenerse violentamente, lanzando un berrido de alarma.

El cornac, sorprendido por semejante comportamiento, alzó el arpón, diciendo:

—Adelante, Bangavady...

El elefante, en lugar de obedecer aquella orden, dio algunos pasos hacia atrás, alzando prudentemente la trompa y poniéndola a salvo.

El hindú de la barba, sobresaltado por aquel movimiento repentino que imprimió una violenta sacudida al hauda, preguntó:

—¿Qué ocurre, Bandhara?

—Lo ignoro... —contestó el cornac—. Parece que Bangavady ha olfateado algún peligro y por eso se niega a avanzar.

—¿Serán los dacoitas? —inquirió el hombre más pequeño—. Ya estamos en la región dominada por esos bribores...

—¿Te refieres a la secta de envenenadores? —díjole su compañero.

—Sí, Indri...

—¿Y piensas que habitan estos lugares?

—Por lo menos sé que viven en los bosques y altiplanos del Bundelkand...

—Pero ya no debemos estar lejos de Pannah.

—Esos criminales a menudo se emboscan en los sitios más transitados para cumplir con sus nefastos planes... Para ellos es un mérito especialísimo masacrar o envenenar a los desdichados que caen en sus manos...

—Tenemos nuestras carabinas y nos defenderemos... —contestó el hindú de la barba—. Indri nunca ha temido a nadie.

—Excepción hecha del gicowar de Baroda —agregó Dhundia con acento levemente burlón.

—¡Calla! Guarda silencio. Bangavady ha olfateado un enemigo por los alrededores. No discutamos y pensemos en armarnos.

El hindú se agachó, sacando una magnífica carabina con caño arabescado, incrustada con plata y madreperla.

—Bandhara —dijo, dirigiéndose hacia el cornac, que escrutaba atentamente los árboles—. Apresura a Bangavady.

—Trataré de hacerlo, señor.

—¿Sospechas que el peligro provenga de hombres o de animales?

—En estas regiones no son raros ni tigres ni panteras, sahib.

—Sin embargo mi amigo Toby habita estos altiplanos y no debería haber dejado muchas fieras con vida —murmuró Indri.

Luego se volvió hacia su acompañante:

—¿Estás pronto, Dhundia?

—Mis armas están cargadas.

—Veamos quién osa cerrar el paso a mi elefante.

Bandhara, como verdadero cornac que conocía a su animal, había comenzado a acariciar a Bangavady, susurrándole al oído palabras cariñosas, a las que el inteligente paquidermo parecía considerar hasta el extremo.

Primero, el elefante comenzó a menear la cabeza, agitando en alto su larga trompa; luego bufó repetidas veces, y por fin reinició el camino, pisando con extremadas precauciones, mirando a diestra y siniestra y berreando suavemente.

Si Bangavady, uno de los mejores elefantes del gicowar de Baroda, habituado a combatir en los anfiteatros de aquel poderoso príncipe y a enfrentar al mismo tigre en sus ataques, se mostraba tan lleno de precauciones, era porque había olfateado algo realmente peligroso.

Indri, erguido, con la carabina en la diestra, observaba el margen de la foresta formado por árboles de pipal de enormes troncos. Pese a que estaba seguro de hallarse ante un peligro inminente, aquel hindú conservaba una sangre fría admirable, cosa extraña en un indostánico, pues los habitantes de la península son impresionables y nerviosos.

Su compañero tampoco demostraba el más mínimo temor.

Al llegar frente al kalam, el elefante se detuvo, alzando nuevamente la trompa.

10

—Adelante... —le dijo el cornac.

Pero el elefante en lugar de obedecer, se plantó sólidamente sobre sus cuatro patas, lanzando un nuevo y sonoro berrido.

—¿Ves algo? —inquirió Indri.

—No, señor.

—¿Qué clase de animal puede hallarse allí emboscado? Trata de sentir su olor, Bandhara...

El cornac se inclinó sobre la cabeza del elefante y olfateó en derredor.

—Nada —dijo por fin.

—Si se tratara de un tigre, el viento nos habría traído su olor salvaje e inconfundible... —murmuró Indri—. ¿Qué dices tú, Dhundia?

—Que Bangavady comienza a fastidiarme.

—Haz un disparo entre la maleza...

Dhundia tomó la carabina con bastante mala voluntad, apuntó al azar y disparó entre las altas hierbas.

La detonación acababa de extinguirse cuando en medio de los kalam se alzó un grito ronco, sofocado.

—¡El grito de una pantera, patrón! —exclamó alarmado el cornac.

—Sí... Bangavady no se había equivocado.

—Nunca hubiera supuesto que encontraríamos panteras aquí... —dijo Dhundia, que parecía haber perdido gran parte de su sangre fría.

—Hay más de las que puedes imaginar. Y ya que se supone que venimos para exterminar a las bestias feroces, nada mejor que comenzar aquí mismo —le contestó Indri.

—Servirá para ocultar mejor nuestros planes...

—Y disminuir la vigilancia del rajá de Pannah. Pero acabemos la conversación y pensemos en la fiera que nos amenaza.

El elefante, tras haber olfateado nuevamente el aire, se puso nuevamente en camino abriéndose paso entre altísimas hierbas que le llegaban hasta el pecho.

—Dhundia —dijo Indri—. ¿Has vuelto a cargar tu carabina?

—Estoy preparado para hacer fuego nuevamente.

—Yo estoy seguro de mis disparos...

—Yo también. Mi pulso no tiembla, y...

Un nuevo aullido, ronco, espantoso, resonó entre los kalam interrumpiendo al hindú. Luego, otro grito semejante le contestó desde otra dirección.

—Son dos —exclamó Indri sin perder su calma—. ¡Ah, si Toby estuviera aquí! Pero pronto lo hallaremos y en Pannah se hablará de nosotros.

Bangavady continuaba introduciéndose en la espesura, dando siempre muestras de su profunda inquietud, resoplando ruidosamente y sacudiendo la enorme cabeza.

Bangavady era un elefante valeroso y había hecho su entrenamiento en las junglas de Baroda, matando con sus formidables patas muchos tigres, pero se mostraba cauteloso al par que cualquier otro congénere no amaestrado.

—No está muy seguro de sí mismo —comentó Indri, que había advertido las dudas del elefante—. Este comportamiento me asombra profundamente, y...

No pudo concluir la frase pues una forma oscura saltó fuera del kalam volviendo luego a emboscarse. Era una de las dos panteras, que posiblemente antes de empeñar lucha quería medir la distancia que la separaba de sus enemigos.

—Sangre fría y ojo seguro —recomendó Indri.

La fiera se había vuelto a ocultar, pero se oía con breves intervalos su ronco rugido.

—Debe sentirse muy hambrienta para osar atacarnos... —agregó el hindú—. No creo que esté dispuesta a dejarnos sin haber llevado una presa consigo.

Indri conocía demasiado a las panteras de los altiplanos de la India para equivocarse.

Esas fieras, que son notablemente numerosas en el Indostán, China y Malasia, resultan tan peligrosas o más que el propio tigre. Son algo más pequeñas, pero tienen músculos igualmente poderosos y una agilidad a toda prueba.

Excelentes trepadoras y muy ágiles en sus saltos, casi siempre consiguen caer sobre sus presas, dejándose deslizar generalmente desde las ramas bajas de los árboles y desapareciendo luego con la víctima escogida entre sus fauces.

Indri, que había matado a más de una, tenía pues mucha razón al mantenerse en guardia, tomando precauciones para no ser sorprendido.

Bangavady, habiendo advertido el sitio donde se ocultaba la pantera en cuestión, reinició valerosamente la marcha, azuzado por el cornac, que no le escatimaba ni golpes de arpón ni palabras afectuosas.

El pobre animal no se sentía seguro, y no osaba apartar las hierbas con la trompa, por miedo de desgarrársela con las zarpas de la sanguinaria fiera.

Indri y Dhundia, inclinados con sus carabinas en las manos, miraban los macizos de kalam con la esperanza de descubrir a la fiera y librarse de ella con una buena descarga.

Repentinamente, Bangavady se detuvo apuntando hacia la espesura con sus largos colmillos y poniéndose en guardia.

—Atención... ¡La pantera está por atacar! —gritó el cornac, que conocía las reacciones de su elefante.

Acababa de pronunciar esas palabras, cuando vieron que las hierbas se separaban violentamente, y una gigantesca pantera se dejó caer sobre el testuz del elefante.

De inmediato, Indri hizo fuego mientras que el cornac asestó un furioso golpe de pica contra la fiera.

Pese a estar doblemente herida, la pantera no abandonó su puesto de inmediato. Clavando sus zarpas en la piel del paquidermo, dio un segundo salto, pasando por encima del hauda y cayendo entre las altas hierbas.

Bangavady, como verdadero elefante amaestrado para aquellas cacerías, giró rápidamente sobre sí mismo, apuntando sus colmillos hacia la bestia.

Indri, viendo que la pantera estaba tomando impulso para volver a saltar, arrojó la carabina descargada para tomar una nueva.

Si bien su movimiento había sido veloz, la fiera consiguió caer sobre el dorso del elefante, mostrando su garganta ensangrentada a los ocupantes del hauda.

En aquel mismo instante Dhundia se había agachado para tomar una pica y estaba a punto de incorporarse. La fiera, viendo bajo sus zarpas la cabeza del hindú, estiró una garra.

—¡No te muevas, Dhundia! —gritó enérgicamente Indri.

Comprendiendo el peligro espantoso que corría, el hindú se dejó caer al fondo del hauda.

Aquel momento fue suficiente: Indri disparó su carabina por segunda vez, hiriendo a quemarropa la cabeza de la pantera.

Bangavady, sintiéndola caer, se volvió sobre sí mismo con la celeridad del relámpago, y con su pata derecha la destrozó contra la rocosa tierra.

Al mismo tiempo, entre los matorrales resonó un grito humano desesperado y luego se escuchó el aullido de la segunda pantera, ese aullido breve y ronco que lanza cuando se deja caer sobre la presa, destrozándola con sus zarpas de acero.

CAPÍTULO 2

L a noche comenzaba a caer rápidamente sobre la jungla, pues en aquellas regiones cálidas hay un brevísimo crepúsculo que dura unos pocos segundos.

Tras aquel grito humano, ningún otro sonido se había escuchado entre la foresta.

Hasta Bangavady había cesado de berrear, escuchando atentamente, agitando sus desmesuradas orejas como en busca de algún nuevo alarido que explicase lo que acababa de ocurrir entre la maleza.

—¿La segunda pantera habrá descalabrado a algún pobre diablo? —murmuró finalmente Indri, con cierta inquietud—. ¿Qué te parece, Dhundia?

—Que no podemos quedarnos inactivos aquí... —contestó el interrogado, que parecía hallarse dominado por una viva inquietud.

—¿Qué harías?

—Revisaría el kalam.

—La noche baja sobre nosotros, y no es prudente introducirse entre estas altísimas hierbas. Hasta el mismo Bangavady no demuestra tener intenciones de proseguir viajando...

—El elefante se niega a avanzar, patrón —dijo en aquel instante el cornac—. Ha olfateado a la segunda pantera y en medio de esta oscuridad no osa enfrentarla.

—¿Me seguirías, Dhundia? —inquirió entonces Indri, resueltamente.

—¿Qué quieres hacer?

—Internarme en la espesura para concluir con esa fiera...

Dhundia hizo un gesto vago y no respondió.

—Y sin embargo, los sikhs tienen fama de ser valerosos —prosiguió Indri irónicamente.

—Está bien, te sigo —contestó de inmediato Dhundia—. Sin embargo no sé si seremos afortunados con la compañera de la bestia que matamos, y si saldremos con vida de la maleza ...

—Basta, si realmente eres un sikh, sígueme. Enciende una antorcha y ven.

Sin decir más, el valiente hindú cargó la carabina y tomando las municiones ordenó al cornac que dejara caer la escala de cuerda. Luego, sin otra palabra, descendió del hauda.

Dhundia lo siguió, llevando también sus armas y una rama resinosa para utilizar como antorcha.

—¿Debo aguardar aquí, patrón? —inquirió el cornac.

—No dejes tu puesto sobre el elefante —contestó Indri—. Ármate con mi carabina de recambio y si ves pasar la pantera, dispara. Cuida que el elefante no vaya a acostarse.

—Bangavady estará preparado, sahib.

Indri amartilló la carabina y se introdujo resueltamente en la espesura, manteniéndose inclinado hacia el suelo.

—¿Debo encender la antorcha? —inquirió Dhundia, que le seguía.

—Aún no —contestó Indri—. La pantera puede huir si llega a ver la luz..., deseo encontrar al hombre que gritó...

—¿Qué interés puede despertar en ti un pobre montañés? —inquirió vivamente Dhundia.

—Me ha asaltado una sospecha..., pero este no es el momento de detenernos a conversar. Busquemos a la segunda pantera. ¿Dónde resonó el grito? ¿A nuestra derecha, hacia aquel grupo de colosales plantas, verdad?

—Sí —contestó Dhundia.

—Estos kalam nos darán mucho trabajo, pero los atravesaremos. Sígueme y cúbreme las espaldas.

Indri se encaminó hacia las hierbas, que en aquel sitio alcanzaban casi los seis metros y eran muy espesas. Tras haberse detenido para escuchar, se introdujeron avanzando cautelosamente.

Evidentemente, se trataba de un hombre extraordinariamente valeroso, pues un mortal cualquiera no se hubiera atrevido a internarse entre aquella maleza donde aguardaba el más feroz y astuto de los carniceros selváticos.

En cualquier momento la pantera podía hacerse presente, descargándole un terrible zarpazo y concluyendo con él.

Naturalmente, el hindú no ignoraba que aquellas fieras prefieren la emboscada al asalto directo, y están dotadas de una agilidad que les permite caer sobre sus presas desde varios metros de distancia.

El hindú conservaba su calma y no parecía preocuparse por el grave peligro que corría.

Dhundia en cambio, aunque pertenecía a la raza más belicosa de la península indostánica, distaba mucho de demostrar aquella tranquilidad. Un temblor nervioso sacudía sus miembros, y de tanto en tanto sus dientes entrechocaban con seco sonido.

Habían recorrido ya unos trescientos pasos, internándose siempre entre aquellas hierbas gigantescas, cuando en el silencio nocturno escucharon imprevistamente resonar aquella nota breve y estridente, gutural y salvaje, que una vez oída no puede olvidarse nunca.

Era la segunda pantera que les advertía su presencia, anunciándoles el peligro que corrían si continuaban avanzando.

Indri se había detenido. Aquel alarido lleno de amenazas que resonara entre las tinieblas, también acababa de producir su efecto en él.

—¿Alcanzas a ver los plátanos? —inquirió tras unos instantes de silencio.

—Sí. La luna está por alzarse y se perfila entre el follaje de esos árboles.

—Entonces estamos en buen camino.

—Podríamos aguardar hasta el alba.

—Te he dicho que quiero ver al hombre que la pantera derribó hace un rato —y se volvió a poner en marcha.

Avanzaba con mayores precauciones, deteniéndose a cada tres o cuatro pasos para escuchar y olfatear el aire, esperando recibir las selváticas emanaciones de la fiera.

Indri comenzaba a distinguir los monstruosos troncos, cuando a su izquierda se escuchó un ligero crujido, producido por un cuerpo pesado al aplastar una ramita seca.

—Alto y no te muevas —previno a Dhundia.

El rumor se escuchó algunos segundos y luego cesó totalmente.

—¿Se habrá emboscado esa fiera? —se preguntó Indri preparando la carabina—. Tal vez ya está a tiro y se prepara para saltar sobre nosotros...

No acababa de anunciar estas palabras, cuando una masa oscura saltó fuera del macizo de hierbas y pasó como un rayo por encima de su cabeza, desapareciendo entre el kalam a sus espaldas. Entre estas hierbas se escuchó el gutural ronroneo de la fiera enfurecida y luego se hizo un silencio absoluto. Aquella aparición había sido tan repentina que ninguno de los dos hombres alcanzó a disparar su arma.

—¡Ha huido! —exclamó Indri con voz un poco alterada por la emoción.

Dhundia se secó el frío sudor que le inundaba el rostro.

—Y le falló el golpe... —murmuró.

—Sí —afirmó Indri, que estaba totalmente repuesto de la conmoción experimentada.

En aquel preciso instante se escuchó un gemido desgarrador que llegaba precisamente desde la enorme mancha de vegetación.

—¿Oíste? —inquirió Indri.

—Sí —contestó Dhundia—. El hombre atacado por la fiera no ha muerto aún.

—¡Vamos!

—Con cuidado... , la pantera puede estar de regreso.

Pero Indri ya se había lanzado hacia el margen del macizo de kalam.

En medio de la corta hierba que la luna iluminaba, se advertía una forma humana caída en el suelo.

Indri la alcanzó en pocos saltos.

Un hindú, que no tenía más que un cortísimo taparrabos sujeto a la cintura, yacía en el suelo en medio de un charco de sangre.

Era un joven de unos veinte años de edad, delgadísimo, con la cabeza totalmente rasurada, los miembros untados con aceite de coco y el pecho cubierto con un tatuaje que parecía querer imitar una flor de loto.

Un terrible zarpazo le había destrozado el bajo vientre y tenía además completamente desgarrado el hombro izquierdo.

Indri se inclinó sobre el desdichado.

—Este hombre está liquidado... —murmuró.

Al oír una voz humana, el hindú abrió los ojos, clavándolos primero en Indri y luego en Dhundia; al ver a este último, hizo un gesto de sorpresa y entreabrió los labios, tratando en vano de pronunciar algunas palabras.

—¿Conoces a este hombre? —inquirió Indri, asombrado por aquel movimiento que no había escapado a su perspicacia.

—No —contestó Dhundia, que mantenía la mirada fija en el moribundo sin apartarla una fracción de segundo.

—¡Es curioso! Se diría que no le eres desconocido...

—Te repito que nunca lo vi en mi vida —contestó con energía el sikh—. Además... ¿qué puede haber de común entre yo, siervo devoto del gicowar de Baroda y este dacoita?

—¿Es un envenenador? —exclamó Indri sorprendido.

—Silencio..., puede haber otro en las vecindades. Dejémoslo aquí y vayámonos rápido. Tal vez nuestras vidas corran peligro. Además, nada podemos hacer por él. Está acabado.

Era cierto. El hindú, casi totalmente desangrado, se moría sin salvación posible. Sus miradas estaban clavadas en Dhundia, y sus labios se agitaban como si tratara de pronunciar alguna palabra. Por fin cerró los ojos.

—Vamos —repitió Dhundia.

—Sí, nada nos queda por hacer en este sitio —contestó Indri.

Recogiendo la carabina volvió las espaldas a aquella desagradable escena.

Dhundia corrió hacia Indri, que se acababa de introducir entre los kalam.

—Ha muerto —le dijo a modo de explicación.

—¿Estaría solo?

—Supongo que sí. De haber tenido compañeros, nos habrían atacado antes.

—Quizá era el espía que alguna banda armada...

—Nos mantendremos en guardia —contestó Dhundia, a quien no parecía agradar aquella conversación—. Ahora vamos a ocuparnos de la pantera, que es lo primordial en estos momentos...

—Creo que se ha marchado.

—No te fíes de esos animales...

Indri había entrado entre los kalam, recorriendo el mismo camino que le sirviera para llegar hasta el moribundo, y que era visible aún porque las altas hierbas no se habían vuelto a levantar.

El regreso se realizó felizmente, sin encontrarse con otras fieras en el sendero.

Cuando Indri y su compañero llegaron al margen del altiplano, encontraron a Bangavady de pie, con actitud de presentar batalla a algún oculto enemigo, la trompa enroscada entre ambos colmillos y la grupa apoyada contra un peñasco.

El cornac no había dejado su puesto y sujetaba la carabina de recambio de Indri entre las manos.

—¿Has visto a la segunda pantera? —le preguntó Indri.

—Sí, patrón, pasó a doscientos metros de aquí, dando vuelta en derredor del kalam.

—¿No viste ningún hombre?

—No, patrón.

—Haz acostar al elefante y prepara el campamento.

El cornac se hizo depositar en tierra sosteniéndose de la trompa del inteligente animal, y luego se dirigió hacia un matorral en busca de leña con qué encender una hoguera.

Mientras, Indri se volvió hacia el kalam, recorriendo lentamente el sector frente al improvisado campamento. De tanto en tanto se detenía, escuchando.

¿Buscaba a la pantera o quería asegurarse de que no había otros dacoitas entre la maleza? Probablemente estos últimos le inquietaban más que las fieras y las serpientes. Sus inquietudes en tal caso no eran exageradas...

En la India hay tribus de thugs, o estranguladores, adoradores de la diosa Kali; y dacoitas, o envenenadores, que no ceden en importancia y depravación a los anteriores, y cuyo nombre hace temblar a todos los habitantes de la península.

Estos dacoitas viven reunidos en bandas que vagan por la selva dedicados a asesinar a los seres humanos que se cruzan en su camino. Pero mientras que los thugs emplean un pañuelo de seda o un lazo, ellos utilizan el veneno o los narcóticos.

El Bundelkand y el altiplano de Pannah son sus lugares preferidos. Ocultos en las selvas aguardan el paso de sus víctimas y casi siempre tienen éxito en sus intentos.

A veces se unen a las caravanas que cruzan aquellas regiones y aguardan el momento oportuno para verter el veneno que llevan en la comida de los infelices viajeros o en los pozos donde beberán al recorrer su camino.

Muy a menudo se hacen preceder de espías encargados de entrar en las aldeas fingiéndose peregrinos, para enterarse de los habitantes que deben viajar y la dirección que tomarán.

Astutos y audaces, nunca se dejan atrapar. Cuando actúan, lo hacen enteramente desnudos y con el cuerpo untado de aceite de coco para que no puedan asirlos, son flexibles como serpientes, entran por todas partes y nunca llaman la atención de nadie.

CAPÍTULO 3

Cuando Indri regresó, la cena ya estaba preparada y la tienda de campaña había sido montada contra una enorme roca que emergía solitaria en el costado del camino. Indri y su compañero devoraron con sumo apetito los alimentos, luego se tendieron a poca distancia de la hoguera encendida en el centro del campamento y comenzaron a fumar, mientras el cornac se ocupaba del elefante que reclamaba con largos berridos su ración.

Una vez que la hubo devorado, Bangavady se acostó sobre un costado, apoyándose contra la roca, mientras su conductor le arrojaba sobre la cabeza y patas numerosos baldes de agua, untándole luego con grasa para evitar que se le resquebrajara la piel.

Indri estaba silencioso, y también Dhundia permanecía con la boca cerrada. Ambos parecían dominados por una serie de diversas preocupaciones, producidas tal vez por el encuentro con el dacoita. Ya no pensaban más en la pantera, pese a que era probable que estuviera en aquel mismo instante agazapada entre las altas hierbas vecinas.

Terminado su cigarrillo, Indri se incorporó, diciendo:

—No me siento tranquilo, Dhundia... Ese dacoita me da mucho que pensar.

—¿Un hombre solo?

—¿Y si fuese un espía?

—Ha muerto.

—No interesa; sus compañeros pueden haber averiguado el propósito que nos guía, y tal vez nos creen poseedores ya de la Montaña de Luz...

—Para empezar, es imposible que hayan sabido eso. Tan solo nosotros dos y el gicowar estamos enterados del motivo real de nuestro viaje.

—¿Y si alguien nos hubiera traicionado? —inquirió Indri, mirando fijamente a su interlocutor.

—Nadie habría tenido interés en hacer tal cosa...

Indri calló por unos segundos, para decir luego:

—¡Bah! Mañana también el altiplano quedará a nuestras espaldas y entraremos en contacto con mi amigo Toby...

—¿Quieres unir un europeo a nuestra expedición, poniéndolo al tanto de los motivos que nos mueven? Yo no me fiaría...

—Toby nos es necesario. Es el más célebre cazador de fieras que hay en la India septentrional, y nos servirá maravillosamente bien para ocultar los motivos de nuestra expedición. Con él ningún devorador de hombres puede resistir mucho tiempo y así entraremos en buenas relaciones con el rajá de Pannah de inmediato y sin despertar sospechas. Además le conozco demasiado bien para desconfiar de él.

—Yo no estaría tan seguro, y no creo que el gicowar se mostraría contento de saberlo...

—El gicowar me dio instrucciones de emplear los medios a mi alcance para alcanzar el éxito y sé que triunfaré. Piensa que mi suerte depende del resultado de esta expedición...

Una sombra de profunda tristeza se había extendido por el rostro del hindú, y un suspiro escapó de sus labios.

Dhundia había permanecido silencioso como si no hubiera oído aquellas palabras, pero una luz siniestra iluminaba sus ojos.

—Vamos a dormir —continuó Indri.

Entró en la tienda de campaña llevando consigo la carabina y un par de pistolas cuyas culatas estaban adornadas con placas de oro y perlas.

Dhundia le había seguido sin hablar, casi de mala gana. Una vez en el interior de la tienda, el sikh se acostó, conservando los ojos clavados en la hoguera que ardía en el centro del campamento.

Indri ya dormía, y tanto el cornac como el elefante le imitaban.

Un silencio profundo reinaba en los lindes del altiplano. Sin embargo, Dhundia no se había resuelto a cerrar los ojos.

De tanto en tanto se arrodillaba, escrutando las tinieblas.

De pronto, se sobresaltó. Cerca del kalam había oído un silbido casi imperceptible.

—¿Sitama? —se preguntó—. Sería una imprudencia que llegara hasta aquí, pese a que se jacta de que puede caminar sobre un perro dormido sin despertarlo... Bangavady podría dar la alarma...

Se arrastró hacia Indri sin hacer rumor alguno, y asegurándose de que dormía, salió de la tienda llevándose consigo la carabina.

Bangavady dormía junto al cornac sin dar señas de inquietud.

—Todo va bien —se dijo el sikh.

Atravesó con infinitas precauciones el cerco luminoso, y llegado a cincuenta pasos del kalam, se ocultó junto a un macizo de mindos.

Más adelante no osaba avanzar, por temor de encontrarse con la segunda pantera en lugar de hacerlo con el hombre que llamara.

Un momento después un segundo silbido, más débil, se hizo oír mucho más cercano. Luego, entre la maleza apareció un hombre que se acercó a Dhundia.

El recién llegado era un individuo de alta estatura, líneas fieras y aspecto siniestro.

Sus cabellos eran larguísimos y estaban enroscados en torno a la cabeza, cubiertos por un fango rojizo que formaba con ellos una enorme masa. En el mentón le nacía un hilo de barba que se prolongaba hasta sus rodillas. Aquel era el distintivo de los adoradores de Rama, el dios creador. Sobre la frente tenía tres signos cabalísticos, en la cavidad del pecho, otros tres, y uno más en la parte superior del brazo derecho.

El resto del cuerpo estaba untado con aceite de coco y brillaba como si estuviera cubierto por una película de cristal. Toda su indumentaria consistía en una cuerda de cuero entrelazado, que le rodeaba la cintura.

—¿Eres tú Sitama, el faquir? —inquirió Dhundia con un hilo de voz.

—Sí, sahib —contestó el desconocido—. Yo soy el faquir y jefe de los dacoitas.

—¿Hace mucho que esperabas?

—Tres días. ¿Qué debemos hacer? ¿Quieres que mate a tu compañero antes que atraviesen el altiplano?

—No quiero que lo hagas todavía. Además, aún no tiene en sus manos la Montaña de Luz. ¿En qué nos beneficiaría su muerte? Tan solo nos haría perder una cifra colosal.

—¿Qué debo hacer entonces?

—Seguirnos hasta Pannah y no realizar ningún movimiento en contra hasta que hayamos echado mano sobre el gran diamante.

—¿Crees que el antiguo favorito del gicowar conseguirá obtenerlo?

—Indri sabrá ingeniárselas para evitar que todo su poder se transforme en polvo y su señor lo arroje de la casta elevada a que pertenece, convirtiéndolo en un miserable paria.

—Pero seremos nosotros quienes obtendremos la Montaña de Luz en lugar del gicowar de Baroda. ¿Adónde os dirigís ahora?

—A encontrarnos con Toby, el famoso cazador.

—Lo conozco, pero... ¿Por qué ir en busca de ese hombre?

—Lo sabrás más tarde. ¿En Pannah siguen hablando del Devorador de Hombres?

—El terror provocado por esa fiera sanguinaria es tal que los mineros han abandonado su trabajo —contestó el faquir.

—¿Y nadie osa enfrentarla?

—Ya ha devorado a más de diez cazadores que trataron de sorprenderla, atraídos por las diez mil rupias que ofrece el rajá.

—Indri y Toby matarán al tigre de Pannah, y todas las sospechas que pueda haber en torno nuestro se diluirán ante la alegría que tendrá el príncipe... Ahora vete.

El dacoita se incorporó, hizo un ligero saludo y se alejó.

Dhundia, saliendo de la maleza, se encaminó hacia el campamento, mirando en derredor por miedo de ser sorprendido por la pantera, que podía haberse deslizado hasta la tienda de campaña.

Ya había sobrepasado el fuego de la hoguera, cuando desde la espesura llegó un ronco rugido.

—¿Estará cazando a Sitama? —se preguntó, estremeciéndose.

Dhundia, muy inquieto, apretó el paso, mirando a sus espaldas.

Estaba ya a punto de entrar en la tienda de campaña, cuando retrocedió un paso estremeciéndose. Indri había aparecido ante él, sosteniendo dos pistolas amartilladas.

—¿De dónde vienes? —le preguntó, mirándole fijamente.

—Di una vuelta en torno al campamento —contestó Dhundia, reponiéndose de inmediato—. Temía que la pantera nos espiase...

—¿Viste a la fiera?

—No, pero la oí.

—¿Sigue entre la espesura?

27

—Sí.

En aquel instante se escuchó un disparo, seguido de otro.

—¿Quién puede haber hecho fuego? —exclamó Indri con suma inquietud.

—Tal vez tu amigo Toby...

—Estamos demasiado lejos de su bungalow.

—Pero me dijiste que a menudo se aparta mucho de los lugares en que acostumbra cazar.

—Me sentiría contento si fuera él. Pero si ese disparo partió de su carabina, mañana lo veremos.

CAPÍTULO 4

A los primeros albores el elefante ya estaba listo para reiniciar la marcha a través del altiplano de Pannah.

Indri y Dhundia alzaron la tienda y tras acomodarse nuevamente en el interior del hauda, se sintieron dispuestos para realizar una segunda etapa de su viaje y también para cazar a la fiera.

La piel de la primera pantera, desollada por el cornac, iba sobre las grupas del elefante, adornándola y advirtiendo a los congéneres del felino.

El paquidermo se puso en marcha, espantando con su presencia y los formidables berridos toda la caza que estaba emboscada entre la maleza.

A cada instante huían a los saltos los axis, elegantes antílopes muy comunes en la India.

Otras veces eran nubes de volátiles que se alzaban casi bajo las patas del elefante: papagayos, tórtolas blancas y pavos reales, esos pájaros espléndidos que en la india representan a la diosa Sarasvati, protectora de los nacimientos y el matrimonio, lo que les torna sagrados, impidiendo que se les cace.

Ni Indri ni Dhundia parecían hacer gran caso de aquellos animales, que por otra parte hubieran podido proveerles de una comida deliciosa. Toda su atención se concentraba en los posibles rastros de la segunda pantera que, según creían, no podía estar muy lejos de allí.

El elefante, una vez que superaron la barrera de kalam, se introdujo en medio de un espeso bosque. Avanzaba con bastantes pocos deseos de hacerlo, mostrando señales de profunda inquietud, que las dulces palabras del cornac no llegaban a disipar.

—Bangavady siente algo en el ambiente —exclamó por fin Indri.

—Habrá serpientes entre la maleza —contestó el sikh sin perder la calma.

En aquel momento el elefante se detuvo bruscamente, comenzando a retroceder.

—Patrón... —dijo el cornac—. Prepara las armas.

Y entonces lo interrumpió un ronco rugido que atronó el espacio, seguido de un estridente silbido. Indri y Dhundia armaron precipitadamente las carabinas.

A veinte pasos de distancia, acababa de reaparecer la pantera, seguramente la misma que destrozara al dacoita la noche anterior.

Pero esta vez no estaba libre. Un cuerpo monstruoso, de dimensiones gigantescas, la envolvía silbando y retorciéndose furiosamente.

Era un pitón atigrado, una soberbia serpiente con piel verde azulada, con manchas irregulares, de más de cinco metros de largo y tan gruesa como el muslo de un hombre.

El reptil probablemente había sorprendido a la pantera que estaba emboscada para asaltar al elefante, y envolviéndola entre sus potentes espirales, tratando de sofocarla, apretaba con todas sus fuerzas.

Tal vez se mantenía aferrada a alguna rama con su cola prensil, y había tendido a la fiera con su terrible abrazo sin darle tiempo de reaccionar.

Pese a la sorpresa, la pantera se defendía con todas sus energías, que no eran pocas, tratando de librarse de aquel abrazo mortal.

El adversario no era despreciable, pues esos reptiles están dotados de una fuerza extraordinaria. Cuando aferran una presa, no la dejan más, ni siquiera cuando están heridos.

La pantera, sintiéndose ahogar, se debatía con supremo furor, lanzando horribles alaridos. Sus garras de acero desgarraban al reptil, pero el monstruo no aflojaba su presión, bañando al felino con sangre y espuma.

Silbaba ferozmente, arrojando sobre la pantera una mirada llameante; torcía la cola, destrozando la maleza en derredor, mientras trataba de morder a su enemigo con los largos colmillos, que en esta especie no tienen veneno.

Ninguno de los dos animales parecía haber advertido la presencia de Bangavady a causa del entusiasmo con que estaban ocupados en desgarrarse mutuamente. Por otra parte, Indri y sus dos compañeros asistían al horrible espectáculo convencidos que no se verían precisados de utilizar las armas, pues ninguno de aquellos dos terribles enemigos saldría con vida de esa lucha espantosa.

La pantera, malogrado su extraordinario vigor, se agotaba rápidamente. Por su parte, el pitón, si bien proseguía estrechando a su presa, no estaba en situación de continuar mucho rato su lucha contra la reina de la jungla.

Por fin, la fiera lanzó un rugido quebrado por un estertor, y luego se escuchó el sonido de huesos que se quiebran. Las costillas y la columna vertebral habían cedido bajo la tremenda presión ejercida por el reptil.

Al mismo tiempo el pitón, casi totalmente exangüe, cayó al suelo agitado por una tremenda convulsión, sin aflojar empero el abrazo mortal con que estrechaba a su presa.

—Una triste victoria —dijo Indri, quebrando el profundo silencio—. El pitón también está por morir.

—Que el cornac baje y tome la piel de la pantera. Con esta y la otra que ya tenemos, haremos una entrada triunfal en Pannah, confirmando nuestro valor y la profesión que simularemos tener...

El cornac cortó al reptil con su cuchillo de caza para poder librar a la pantera de aquellas tremendas espirales. Luego comenzó a trabajar.

Bastó media hora para tener la piel del felino haciendo compañía a la otra sobre el dorso del elefante, secándose al sol.

Bangavady, tras aquel breve alto, se puso en marcha apresuradamente, deseoso de ganar el tiempo perdido.

La selva ya no era demasiado espesa, y le permitía mantener un buen paso.

Por lo demás, cuando hallaba en su camino algún árbol frutal, sin disminuir su paso recogía grandes racimos de bananas o mangos que pasaba diestramente a su cornac, quien los dejaba aparte para la comida.

Alrededor de las diez llegaron a la parte superior del altiplano. El paquidermo podía ya avanzar a mayor velocidad, pues la pendiente del terreno había concluido totalmente.

Una inmensa llanura se extendía frente a los viajeros, con un fondo de espléndidas montañas; eran los primeros. contrafuertes del gran altiplano de la India Central, que subían a modo de monstruosos escalones de kilómetros de extensión.

Una espesa foresta de follaje oscuro se extendía siguiendo los accidentes del terreno y adaptándose a los mismos, a lo largo de las elevaciones y quebradas del enorme valle del río Keyn, o extendiéndose suavemente por la bellísima llanura de Kajraha.

El altiplano parecía hallarse desierto, por lo menos en el sector recorrido por el elefante. No se veían más que bandadas de simios llamados manga por los hindúes, una especie de cuadrumanos que constituye la familia más insolente de simios que existe, y los que ponen a dura prueba la paciencia de los trabajadores del campo, saqueando las hortalizas y sembrados.

Como los hindúes les consideran, para su mal, sagrados, los manga pueden hacer su santísima voluntad sin que nadie les moleste en lo más mínimo, llegando su audacia hasta tal grado, que entran en las casas, robando todo lo que pueden bajo las ojos del propietario sin que el desdichado se atreva a protestar siquiera...

Alrededor de mediodía, Bangavady se detuvo en el linde de una nueva selva.

A doscientos metros de distancia, sobre la orilla de un pequeño estanque, se alzaba una graciosa vivienda de madera, de una sola planta, techada en forma de pirámide y con una bandera inglesa flameando en lo alto de un mástil.

En derredor de la casita, sostenida por columnas de madera, se prolongaba una galería, reparada con hojas de cocotero por los cuatro costados. Además, protegiendo la construcción, se erguía una alta empalizada.

—¡Hemos llegado! —exclamó Indri—. ¿Estará Toby en casa, o se hallará persiguiendo a las fieras?

—Bajemos —exclamó Indri—. Si los perros están en casa, también debe encontrarse Toby...

En aquel momento se abrió la puerta del bungalow y un hombre vestido totalmente de blanco, con la cabeza cubierta por un gran sombrero de paja, apareció en el umbral.

—¡Caramba! ¿Eres tú, Indri?

Se trataba de un europeo de unos cuarenta años de edad, muy robusto y de estatura superior a la mediana.

Sus ojos azules se clavaron afectuosamente en el hindú, demostrando el mayor asombro.

—¡Indri! —repitió.

—Sí, soy yo, Toby —contestó el hindú, avanzando rápidamente y estrechándole la mano—. No esperabas recibir una visita mía, ¿verdad?

—A fe mía, que no. Te creía en Baroda, junto a tu poderoso monarca, ocupado en organizar alguna monstruosa lucha entre tigres y elefantes. Debes tener algún motivo bien grave para subir a este altiplano que destroza las patas de los mejores elefantes...

—Así es, amigo mío —contestó Indri, lanzando un profundo suspiro.

—¿Qué desdicha puede haber golpeado al favorito del gicowar de Baroda?

—Ya lo sabrás, Toby. Este no es sitio para hablar de mis desdichas.

—Tienes razón. Entremos al bungalow, donde espera el almuerzo, y... ¿Quién es el hindú que te sigue?

—Un hombre que el gicowar de Baroda me puso al lado.

—¿Amigo o enemigo?

—Trata de leer sus pensamientos, si te es posible.

—Su rostro no me convence.

—Recíbelo como amigo —susurró casi Indri.

—Como tú quieras. Entremos.

CAPÍTULO 5

Toby Randall era, en la época en que comienza esta verídica historia, el más notorio cazador de toda la India Septentrional.

Ex suboficial de los cipayos, había comenzado su carrera en dramáticas circunstancias, abandonando el sable y las jinetas por la carabina y la selva.

Joven aún, pues apenas contaba treinta años, había sido encargado de vigilar la isla de Sangor para defenderla de los incesantes ataques de los tigres, que a menudo atravesaban el Ganges y amenazaban a los guardianes del faro.

Hombre valeroso, que nunca había sabido lo que era el temor, el sargento Randall había llevado consigo a su propia esposa, una hermosa mestiza a la que amaba tiernamente. Les acompañaban dos cipayos del Regimiento de Bengala.

La vigilancia del bravo sargento había dado buenos resultados, concediendo un poco de tranquilidad a los dos guardianes y sus familias.

Los tigres, como si hubieran adivinado en Toby a un terrible enemigo, parecían haber abandonado sus sanguinarias intenciones, manteniéndose lejos de aquella islita perdida en la desembocadura del inmenso río.

Seis meses habían transcurrido y ninguna fiera osaba pisar la tierra de la isla, tras los primeros cartuchos quemados por el sargento y sus ayudantes.

Parecía pues, que aquella tranquilidad debía ser de larga duración, cuando un acontecimiento espantoso, que conmovió a toda la población de Bengala, desmintió la exagerada confianza de Toby y sus hombres.

Una noche, mientras el sargento y los dos cipayos se hallaban cazando, y los cuidadores cenaban con sus familias y la señora Randall, cinco tigres cruzaron el Ganges sin ser observados por nadie.

Una vez que cruzaron llenos de cautela los terrenos cultivados, llegaron hasta la casa anexa al faro, pequeña construcción de dos pisos y con ventanas sin defensa alguna.

Los moradores comían en una pequeña habitación de la planta baja, conversando alegremente, ignorando el peligro que les amenazaba.

Siendo la temperatura muy calurosa, habían dejado las ventanas abiertas para poder respirar un poco la brisa nocturna.

Fue entonces cuando los cinco tigres, hambrientos y exasperados, se precipitaron en el interior del comedor, saltando por las abiertas ventanas.

Aquello fue una masacre total; los seres humanos murieron sin poderse defender, pues ninguno tenía armas.

Cuando Toby y sus dos hombres regresaron, alcanzaron a divisar las siluetas de las cinco fieras que huían en dirección al río. En la habitación quedaban solo los restos destrozados de dos hombres, tres mujeres y cinco niños.

El desdichado Toby Randall, frente a aquellos despojos, casi perdió la razón.

Transportado por sus hombres a Calcuta, debió ser internado en un hospital donde permaneció largos meses como atontado.

Por fin, cuando curó, un solo pensamiento le dominaba: abandonaría el ejército y se dedicaría por completo a vengar a su pobre mujer.

Dejando el regimiento se convirtió en cazador, o más bien, en un vengador. Se le vio desde entonces en los Sunderbunds, en las junglas del alto Bengala, en el Orisa, en el Bundelkand y en todos los sitios donde había fieras que cazar. Así prosiguió su venganza, con extraña fortuna.

Un día la fortuna le resultó adversa. Cazando un "Devorador de Hombres" fue atacado sorpresivamente y derribado por el feroz tigre. Allí hubiera concluido para siempre su fama, de no haber mediado providencialmente un salvador inesperado, que le arrancó medio muerto de las garras de la fiera.

Aquel hombre valeroso era Indri, quien gustaba dividir como muchos otros ricos hindúes, los placeres de la caza con las dificultades del gobierno.

Indri no solamente lo salvó, sino también curó sus heridas, tratándolo como un verdadero hermano.

Y fue así como aquellos dos hombres, de físico dispar pero espiritualmente parecidos, se juraron eterna amistad.

Si bien estaba ansioso de conocer los motivos que llevaran a su amigo hasta aquellos distantes sitios, Toby Randall hizo entrar a Indri sin volver a hablar del asunto.

La habitación principal del bungalow, en la entrada de la citada casita, era semejante a todas las salas de ese tipo de vivienda adoptado por los ingleses en la India.

Estaba amueblada sencillamente: una mesa, sillas y algunos sillones de bambú y rotang muy amplios y cómodos. En las paredes habían trofeos de caza: cuernos de rinoceronte y antílope de diversas especies, garras de tigre y espléndidas pieles de estos animales y de pantera.

En un ángulo estratégico, se advertía la infaltable Punka, o sea, una especie de gigantesco abanico hecho con hojas de palmera y que se hace girar por medio de un ingenioso dispositivo, sirviendo para dar un poco de aire fresco dentro de aquellas habitaciones durante la estación tórrida que dura la mayor parte del año.

—Amigos —dijo Toby dirigiéndose especialmente a Indri—, me alegro de recibiros durante el almuerzo. Supongo que no desdeñaréis esta oca asada en su propia grasa ... Tú no eres un brahmán obstinado, Indri, y sé que te permites comer carne.

—Haremos honor a tu comida, Toby —contestó Indri—. Si bien mi sangre es pura de la India, he renunciado a tantas supersticiones y tonterías de mis mayores que muchas de vuestras costumbres no me son desconocidas...

—Entonces, ni una palabra más... ¡A comer!

Indri comió haciendo honor a la cocina de su huésped. En cambio, Dhundia hizo algunos gestos de repugnancia, pues la mayor parte de los indostánicos experimentan un asco instintivo hacia la carne, sobre todo si llega a ser de vaca, animal reputado como sagrado en toda la India.

Terminada la colación, Toby hizo servir por su criado excelente café moka y cigarros, comenzando a charlar sobre sus últimas cacerías para evitar que Indri se sintiera molesto al verse obligado por su silencio a narrar abruptamente los motivos de su viaje.

Si bien el inglés se sentía devorado por la curiosidad, se contenía, pues experimentaba una instintiva desconfianza hacia Dhundia, que desde un comienzo le resultara antipático:

—Si Indri no habla, tendrá sus motivos —se dijo el prudente súbdito británico—. Esperemos pacientemente...

Su paciencia iba a ser puesta a prueba por poco tiempo. Hacía un par de horas que conversaban, fumando y bebiendo, cuando vieron que Dhundia se apoyaba contra el respaldo del sillón que ocupaba y cerraba lentamente los ojos. ¿Había bebido demasiado o el calor le invitaba a dormir una breve siesta?

De cualquier forma, la oportunidad era propicia.

—Dejemos dormir a tu amigo, y vayamos a tomar el fresco al jardín —propuso Toby—. Te mostraré las rosas que me hice traer de Cachemira...

—Estaba por proponértelo —asintió Indri, haciéndole señas de haber comprendido las verdaderas intenciones que animaban al cazador.

Echando una última mirada a Dhundia, que parecía hallarse profundamente dormido, salieron.

Tras el bungalow se alzaba un gracioso jardín cerrado, y con espléndidos cocoteros, mangos, bananeros y canteros de ricas y variadas flores que Toby cuidaba personalmente cuando sus expediciones de caza no se lo impedían.

En el mismo centro del jardín se alzaba una diminuta pagoda hindú.

Toby, que no podía vencer su propia curiosidad, condujo a su amigo hasta aquella construcción donde se gozaba de una frescura deliciosa, y tras ofrecerle un sillón-hamaca, le dijo:

—Habla. Creo que ya es hora.

—Ante todo: ¿estamos solos?

—Mis siervos están todos en sus habitaciones...

—Lo que debo decirte es muy grave, y nadie debe oírnos una sola palabra...

—Puedes hablar libremente, aquí estamos solos...

—¿En estos días has visto algún movimiento fuera de lo común en las cercanías de tu bungalow?

—No, pero...

—¡Ah! —exclamó Indri, arqueando las cejas.

—Sí, un hindú al que no conocía, se me presentó hace tres días, más o menos, diciéndome que vio a un tigre moviéndose en una hondonada...

—¿Mataste a ese tigre?

—Lo busqué durante tres días sin lograr descubrirlo...

—¿No regresó el hombre?

—Nunca volví a verlo.

—Entonces era un espía...

—¡Un espía! —repitió asombrado Toby.

—Tengo el presentimiento.

—Indri, explícate mejor, pues cada vez comprendo menos.

—Escúchame y verás si he tenido razón al recordar al hombre que hace dos años arranqué a las garras de una fiera sanguinaria...

—Y al que curaste como un hermano —agregó Toby con voz conmovida.

—Yo, que hasta hace pocas semanas era el gurú más poderoso de Baroda, favorito y consejero del gicowar, que con una sola palabra hubiera podido hacer temblar a millones de seres humanos, me encuentro a punto de ser expulsado de mi casta, de perder todos los honores y bienes que poseo, para convertirme en un miserable paria, un hombre sin casta, despreciado por todos y aborrecido por los que fueron mis iguales...

—¡Tú! ¿Tú, Indri? —exclamó con doloroso acento Toby—. Es imposible...

—Sin embargo, es así, amigo mío —contestó el hindú con voz grave—. Un miserable que ha preparado mi perdición, tramó esto que me convertirá en un hombre sin patria... Tú sabes que por ser yo el favorito del gicowar de Baroda muchos había que me envidiaban, odiándome a muerte. Mi peor enemigo era Parvati, el primer ministro.

—Ya me hablaste de él hace un par de años...

—Mis enemigos ya habían intentado todo para arruinarme frente al soberano. Año tras año trabajaban lenta y tenazmente para convertirme en un desgraciado, y si no se atrevían a más, era precisamente porque yo gozaba del inmenso favor del gicowar. Pero por fin mi mala estrella vino a ponerme virtualmente en manos de aquellos miserables, capitaneados por el propio Parvati...

—¿Qué ocurrió?

—No sé si conoces a fondo nuestra compleja religión y los graves problemas que nos plantea, junto con el infinito número de obligaciones...

—Algo de eso conozco.

—¿Sabes qué es un paria?

—Un desdichado que inspira horror a todos los miembros de las cuatro castas, a quien nadie puede acercarse sin comprometerse, pese a que es un ser humano como todos los demás —contestó francamente Toby.

—Así es —asintió Indri, prosiguiendo—. Un infeliz que paga la culpa de algún antepasado, que no ha hecho daño a nadie y que generalmente es más honesto que la mayor parte de quienes ocupan puestos envidiables, pero al que nuestra religión condena inexorablemente. Nadie puede acercarse, nadie está autorizado a darle hospitalidad bajo pena de hacerse expulsar de su propia casta y convertirse también él en un miserable maldito por todos, un verdadero apestado...

—¿Y tú te acercaste a una paria?

—Sí. Yo di involuntariamente hospitalidad a uno de esos seres...

—¿Y cómo ocurrió eso?

—Ahora te lo narraré... Viajaba por el Guzerate cuando encontré la pista de un rinoceronte y tuve la mala idea de seguirla para matar a la bestia. Acababa de alcanzarlo y herirlo, cuando se precipitó encima mío con tanta furia que no me fue posible volver a cargar la carabina. Estaba a punto de ser atropellado por la bestia enfurecida, cuando vi a un joven hindú que cargaba contra el animal, armado solamente con una delgada lanza, que clavó en las abiertas fauces del rinoceronte. Yo estaba a salvo,

41

pero aquel joven no había podido evitar totalmente la embestida, cayendo con el pecho hundido. ¿Qué hubieras hecho tú en mi lugar?

—Lo habría llevado conmigo a casa para curarlo...

—¿Sin preguntarle quién era?

—No creo que aquel hubiera sido el momento más oportuno, ¿no te parece?

—Pues también eso hice yo. Tomé entre mis brazos a aquel desdichado, que estaba desvanecido, y lo llevé a mi tienda. Cuando recuperó el conocimiento, demostró el máximo terror. El pobre joven comprendía que aquella acción nos acababa de perder a ambos, pues él era un paria, y su contacto me había ensuciado. El desdichado murió antes de la puesta del sol, pego yo estaba condenado: uno de mis criados llevó la noticia a Baroda, y cuando llegué, el monarca lo sabía todo.

—¡Canallas! —exclamó Toby, indignado—. Como si un paria no fuera un ser humano como los demás...

—Nuestra religión no bromea —contestóle tristemente Indri—. Yo, hombre moderno, reniego de estas barbaridades que en pleno siglo no deberían existir, Y sin embargo, estoy obligado a resignarme y bajar la cabeza. Parvati, que esperaba su oportunidad para arruinarme, la halló en aquel episodio aparentemente fútil. De inmediato me acusó ante el gicowar y mi casta.

—¿Con que amenazan con expulsarte?

—Aún no, pues el gicowar me ama y me ha dado un medio de salvarme, pero un medio tan problemático que debe haberle sido sugerido por la infernal astucia de Parvati... Debo donar al templo dedicado a Brahma en Baroda, la Montaña de Luz del rajá de Pannah, para ponerla en la frente del dios...

—¡Por mil relámpagos! —exclamó Toby—. ¡La Montaña de Luz! Es una empresa que nos hará sudar copiosamente. Semejante idea no puede provenir de otro cerebro que del de Parvati.

Pero no te preocupes inútilmente..., todo no está perdido, mi querido Indri, y nosotros realizaremos ese milagro...

CAPÍTULO 6

La población indígena de la India se divide en cuatro castas bien distintas, que no pueden fundirse, pues su religión no ha dado como la cristiana un origen común a todos los hombres que pueblan el planeta.

Las castas son: los brahmanes, cuyos antepasados salieron de la boca de Brahma; los guerreros, que salieron de sus brazos; los agricultores y comerciantes, que salieron de sus piernas, y por último los sudras, o sea, siervos, que salieron de los pies del dios.

Esta división es tan marcada, tan profunda, que nadie puede pasar de una casta a la otra, ni por matrimonio, ni por riquezas ni por ningún otro motivo.

Todos los que no pertenecen a estas, y conste que son muy numerosos, son llamados parias. No tienen tribu, ni patria. Son seres despreciados por todos, malditos de los demás hombres, y nadie puede acercarse a ellos, socorrerlos o dirigirles la palabra bajo severísimas penas, llegando hasta a convertirse también en un ser impuro quien les dé alojamiento.

Esto dará una idea del terrible peligro que corría Indri, el antiguo favorito del gicowar de Baroda, acusado de haber tocado y transportado a su casa a un intocable, como también se ha dado en llamar a los desdichados parias. Y lo peor del caso era que se trataba del hombre que le salvara la vida, sacrificándose valerosamente en lugar suyo...

Toby, tras aquella espontánea explosión de cólera, había quedado silencioso,

—¿La cosa es grave, verdad? —le preguntó el amenazado, con cierta ansiedad.

—Sí, Indri —contestó el ex sargento de cipayos—. Parvati no podía sugerir al gicowar una idea más peligrosa que esta. El rajá de Pannah no entregará su Montaña de Luz a ningún precio. Ya ha rechazado millones ofrecidos por el Gran Mogul.

—Ya lo sé, Toby, y me queda una sola posibilidad de obtener ese diamante..., robarlo, para pagarlo cuando lo tenga en un sitio seguro en Baroda.

—¿Y crees que eso será tarea fácil?.

—Dificilísima. Temo que mis enemigos hayan cambiado secretamente correspondencia con el rajá para tenerlo al tanto de mis proyectos, haciéndome así imposible la empresa.

—Ya lo había supuesto —asintió Toby—. Creo que el rajá no te permitiría pisar siquiera sus Estados...

—Estoy seguro de eso, y por eso trataré de fingirme un simple cazador de tigres. Tú puedes ayudarme en esta empresa; eres un cazador conocido en todo el altiplano, y nadie podrá sospechar de ti. Yo me vestiré como siervo tuyo, y no imaginarán que soy el favorito del gicowar de Baroda.

—Esa es una buena idea, Indri, y has hecho bien en venir a buscar mi ayuda. La empresa ofrece mil peligros y tal vez nos aguarde la muerte a su término, pero mi vida te pertenece puesto que sin ti a estas horas habría muerto, y nadie recordaría a Toby Radall, el cazador de tigres...

—Gracias. Estaba seguro de contar con tu amistad y valor — exclamó Indri estrechando la diestra del cazador.

—Procederemos sin mayor pérdida de tiempo —continuó diciendo el inglés tras algunos instantes de silencio—. En tal forma no daremos tiempo al rajá de entrar en sospechas. Hoy mismo enviaré a algunos de mis criados a Pannah para esparcir la voz de que iré a matar al Devorador de Hombres que azota la región minera. Cuando hayamos llegado allí, veremos qué podemos hacer para apoderarnos de la Montaña de Luz. Puedes estar seguro que Parvati no se saldrá con la suya. Lo único que me inquieta...

—¿Sí? Habla...

—Ese Dhundia me hace sentir molesto... ¿Qué busca en tu compañía? Su rostro no me resulta nada satisfactorio... ¿Fuiste tú quien lo escogió?

—No. Me lo adjudicó el propio gicowar...

—Y a su vez el gicowar habrá sido aconsejado por Parvati...

—Probablemente.

—Lo vigilaremos atentamente y no dejaremos que permanezca un instante solo. Ahora volvamos al bungalow, para que no sospeche de nosotros, y hagamos los preparativos del viaje.

—Vamos...

Pasó su brazo derecho bajo el izquierdo de Indri y se encaminaron tranquilamente hacia el bungalow, con el aire de dos amigos que han estado tomando fresco.

Cuando llegaron al salón, lo encontraron desierto. Dhundia estaba cómodamente acostado en una hamaca.

—Temo que nos haya espiado... —murmuró Toby al oído de Indri.

—Si lo ha hecho, peor para él. Sabrá en qué estima lo tenemos y se quedará tranquilo...

Dejaron al sikh concluir su sueño, y se encaminaron a la cuadra.

Bangavady había recibido el sitio de honor, bajo la espaciosa sombra del cobertizo, y reposaba sobre un lecho de hierbas y follaje.

—Realmente es un hermoso elefante —comentó Toby—. Si el Devorador de Hombres de Pannah osa atacarnos, se encontrará frente a un adversario terrible...

46

—¿Lo cazaremos con Bangavady?

—No. El elefante nos servirá para seguirle las huellas y estudiar el terreno. Este tigre es demasiado astuto para mostrarse en pleno día, y nos veremos obligados a tenderle una emboscada nocturna.

—¿Conseguiremos cazarlo?

—Es necesario hacerlo para ganarnos la confianza del rajá. Se trata de un príncipe espléndido en sus favores, y se dice que ama a los valientes y deseará ponerse en contacto con nosotros una vez que hayamos terminado con ese peligroso tigre... Ya he elaborado mi plan. ¿Sabes dónde está guardado el diamante?

—Me dijeron que sirve de ojo a Visnú en una de las más importantes pagodas de Pannah; eso es todo lo que sé al respecto.

—En fin, ahora no podemos juzgar —prosiguió diciendo Toby, para animar a su amigo Deja que entretanto envíe dos de mis siervos para esparcir la noticia de mi llegada. Eso producirá cierto efecto, porque en el altiplano disto mucho de ser un desconocido...

—¿No nos harán traición tus hombres?

—Ignoran los verdaderos propósitos que nos mueven. ¿Qué puedes temer? Además, me son fieles...

En ese momento apareció Dhundia y dijo:

—Yo siento profundos deseos de experimentar las grandes emociones de la caza a tu lado y junto a Indri. Y además, debo velar por su seguridad, aunque deba sacrificar mi propia vida para llevarlo con vida de regreso al gicowar...

—Gracias, Dhundia —contestó Indri, un poco irónicamente—. Espero que no tengas necesidad de dejar tu pellejo entre las zarpas de una fiera para conducirme de regreso a Baroda. Con nosotros está Toby Randall, y este valeroso cazador no permitirá que el tigre llegue tan cerca nuestro... ¿No es verdad, amigo?

—En el momento oportuno no fallaré el tiro —contestó sonriendo el ex sargento de cipayos. Luego prosiguió con distinto tono—: Amigos, es tarde y mañana tendremos que ponernos en viaje antes del alba..., vamos a dormir.

Llamó a uno de sus servidores para que condujera a sus huéspedes a las habitaciones designadas, y luego hizo cerrar las puertas, soltando en el jardín a sus perros de caza, para mantener alejados a los ladrones.

Cuando Dhundia se encontró a solas en su pequeña habitación, se frotó lentamente las manos con aire satisfecho.

—Dudan de mí... —murmuró sonriendo maliciosamente—. Dhundia no es tan tonto como para no comprenderlo. ¡Ah! ¿No quisieron que asistiera a su coloquio? Magnífico..., eso me satisface más aún. Veamos si los hombres de los dacoitas también velan aquí...

Abrió la ventana sin hacer ruido alguno y miró en dirección a la oscura planicie que se extendía frente al bungalow.

Tras permanecer algunos minutos así, tomó una lámpara y la acercó a la ventana, alzándola y bajándola tres veces.

Medio minuto más tarde vio brillar un punto luminoso que se apagó para encenderse otras dos veces.

—No me había engañado —murmuró—. El dacoita dejó de guardia a alguno de sus bribones... Conviene saberlo. Así podré, si se me ofrece la oportunidad, enviar noticias a Parvati...

CAPÍTULO 7

Aún no había salido el sol y ya Bangavady dio la señal de partir con un berrido poderoso.

El cornac, tras haber cargado los víveres, agregando varias carabinas de recambio y abundantes municiones. retomó su puesto a caballo del poderoso cuello del paquidermo.

Indri y Dhundia, que se habían despojado de sus riquísimas vestimentas, endosaban ropas de tela blanca semejantes a las del cazador.

—¿Conoces el camino? —preguntó Toby al cornac.

—Sí, señor. He estado varias veces en Pannah —respondió Bandhara.

—Llegaremos antes de la puesta del sol?

—Bangadavy alargará el paso y haremos tan solo dos breves altos...

Subieron al hauda y el elefante se puso en camino, siguiendo un sendero que conducía hacia el este.

La jornada se presentaba espléndida, por fortuna no parecía que iba a ser un día excesivamente caluroso y un vientecillo fresco soplaba desde los montes Chati.

Bandadas de papagayos chillaban entre las ramas de los árboles y nubes de pavos reales, con sus plumas brillantes, se alejaban volando para buscar refugio entre las matas de la vegetación.

A lo lejos se perfilaba la cadena de los montes Ghati, interrumpida por picos dentellados y gigantescas quebradas que daban paso a los ríos.

Ya habían recorrido casi tres leguas, siguiendo siempre la suave pendiente que les llevaba hacia la falda de los montes en forma casi insensible, cuando Toby observó la presencia de un hombre que marchaba paralelamente con el elefante, esforzándose por no quedar retrasado y tratando de no hacerse ver. .

—Se diría que ese hindú nos sigue... —murmuró, dirigiéndose a Indri.

—Será algún montañés que por temor a los tigres trata de conservarse cerca nuestro —se apresuró a manifestar Dhundia, mirando oblicuamente al inglés.

—Entonces podría acercarse más...

—Deberías saber que los nuestros no gustan mucho estar en compañía de los europeos...

—¡Eh, cornac, acércate a ese hombre!. —ordenó Indri, vagamente inquieto.

—Perderemos un tiempo que para nosotros es precioso —murmuró Dhundia disgustado.

El elefante, obedeciendo a su conductor, había abandonado el sendero, dirigiéndose hacia la espesura, donde, cerca de unos árboles gomíferos, se encontraba el desconocido que provocara las dudas de los viajeros.

—¡Caramba! —exclamó Toby—. Un nanek punthy... ¿Qué demonios hace en medio de los bosques este faquir?

El hombre que les seguía era uno de esos fanáticos pertenecientes a la clase de los faquires, hombres que se hacen admirar por sus absurdas prácticas religiosas y también por su rigurosa devoción hacia una deidad determinada de todas las que constelan el panteón brahmánico.

Los nanek punthy forman una secta aparte que viven de la limosna, arrancándola hasta con prepotencia. Como todos sus correligionarios, aquel hombre llevaba en la cabeza un turbante de cuyo costado izquierdo colgaban campanillas de plata cubiertas de hilo de hierro, y llevaban en cada mano un trozo de madera que servía para acompañar con sus secos golpes las plegarias que musitaba entre dientes. Calzaba una sola sandalia y tenía una sola guía en su bigote.

—¿Adónde vas? —le preguntó Indri, haciéndole señas para que se detuviera.

—A Pannah, sahib —contestó el faquir, intercambiando una rápida mirada con Dhundia, que permaneció impasible—. Debo tomar parte en la fiesta del tirunal.

—¿Y por qué nos estabas siguiendo? —siguió preguntando Indri—. Podías haberte acercado en lugar de marchar siempre a la misma distancia...

—Temía molestaros, sahib.

—Pero seguías al elefante...

—Es cierto; estos bosques están poblados por animales feroces y me mantenía a la vista para pedir auxilio en caso de necesidad.

—Si quieres, puedes caminar junto a nosotros.

—Gracias, sahib, pero tu elefante avanza demasiado velozmente para que mis piernas consigan mantenerse a su lado. Además, la parte de la selva poblada por animales salvajes ya ha quedado atrás y no correré ningún peligro.

Dicho esto, intercambió otra disimulada mirada con Dhundia y luego se introdujo en la vecina selva.

Bangavady, azuzado por el cornac, volvió al sendero y retomó su acelerada marcha resoplando y agitando sus grandes orejas para refrescarse.

En lontananza se delineaban las cúpulas de algunos edificios que brillaban ante los primeros rayos solares como si estuvieran cubiertas de briznas de oro. Pannah era la capital del Estado homónimo.

Pero los viajeros debían atravesar todavía muchos bosques y torrentes que deberían poner a prueba las fuerzas y la paciencia de Bangavady.

A mediodía los viajeros debieron conceder una hora de reposo al pobre animal, que sudaba prodigiosamente pese a que el aire se mantuviera bastante fresco.

El sitio que escogieron para tender campamento, estaba bajo un gigantesco tamarindo que crecía aislado entre un matorral de pequeños arbustos donde era probable que hubiera serpientes. Efectivamente, en aquel sitio abundaban las cobras manilla, pequeñas y de color azulado, y las cobra capelo, o cobras del capuchón, llamadas también "serpientes de los anteojos".

Toby y sus dos compañeros se acababan de acostar bajo la sombra de aquel magnífico vegetal, cuando el inglés, que tenía ojos de águila, no pudo contener una exclamación de sorpresa al ver a un hombre deambulando por los macizos de baja vegetación.

—¿Qué tienes, Toby? —inquirió Indri, alarmado ante la expresión de su amigo.

—El nanek punthy —contestó Toby.

—¿Nos habrá seguido? —inquirió el hindú estupefacto—. ¿Será posible que ese hombre haya tenido tanta resistencia como para competir con el rápido paso de nuestro elefante?

—Debe ser otro parecido a aquél —dijo Dhundia—. Si en Pannah se celebra la fiesta del tirunal, habrá muchos otros faquires allí reunidos.

—¡Hum! Tengo mis dudas..., quisiera persuadirme personalmente.

—Ya está algo lejos —contestó Duhndia con cierta inquietud.

—Menos de lo que creéis, y lo seguiré mientras Bangavady reposa...

—¿Quieres que te acompañe? —preguntó Dhundia.

—No. Prefiero estar solo... —diciendo esto, hizo una señal de inteligencia a su amigo, tomó la carabina y se introdujo entre la maleza.

—¡Acá hay gato escondido! —murmuró para sí mismo, avanzando con grandes pasos—. Nadie corre tras de un elefante durante cinco horas sin tener algún grave motivo...

Había visto desaparecer a su hombre en un macizo de bananeros silvestres y estaba seguro de hallarlo allí escondido, pese a que conocía la prodigiosa agilidad de los hindúes. Así, caminaba con suma prudencia, pues no estaba seguro de que aquel faquir estuviera a solas.

—Quién sabe... —se decía—. Tal vez en lugar de un santón puede ser un dacoita, y esa gente siempre es peligrosa...

Armando la carabina, continuó avanzando resueltamente, apartando las inmensas hojas de los bananeros.

Luego avanzó dos o tres pasos más y se detuvo, poniéndose a escuchar. En medio de la maleza se dejaban oír notas agudas y melancólicas, que parecían producidas por una de esas flautas empleadas por los encantadores de serpientes, llamadas tomril.

—¡Alto! —se dijo el inglés, cada vez más asombrado—. ¿Será un encantador de serpientes en lugar del faquir el hombre que he estado siguiendo? ¿O delante mío habrá un hábil bribón capaz de transformarse en plena foresta? Estos hindúes son capaces de todo.

La música continuaba más dulce y extraña, produciendo una extraña somnolencia en el propio cazador.

—¿Me enviará encima a todos los reptiles ocultos entre la maleza? —se preguntó inquieto Toby Randall.

Llevando la mano a la cintura, sacó un largo cuchillo de caza, arma preferible a la carabina contra un asalto de tales reptiles. Con toda decisión, el inglés siguió avanzando, resuelto a alcanzar al encantador.

Empero, caminaba cuidadosamente, pues en torno suyo se escuchaban silbidos ligeros, mientras que las hojas secas crujían como pisadas por cuerpos livianos.

—Las serpientes salen de sus escondrijos —dijo para sí.

Diciendo esto, el bravo cazador se estremeció.

Toby Randall no se equivocaba. Los reptiles, atraídos por el sonido dulzón y magnético de la flauta, se dirigían hacia el encantador. Estos extraños individuos se apoderan de las víboras con este sistema, empleando la música misteriosa de sus flautas. Las serpientes, que experimentan una extraña pasión por la música, acuden desde todas partes.

Toby avanzaba con extrema cautela y lentitud, no sin sentir que su frente se empapaba con un frío sudor. Ya había visto pasar una cobra manilla, de mortal picadura. Luego un gulabi, de piel moteada en rojo, y más allá una víbora pequeña, negra y con manchas amarillas, que es posiblemente la víbora más venenosa que existe, pues en sesenta segundos el hombre o animal mordido cae muerto. Por esto se la llama "serpiente del minuto".

Cuando se encontró de improviso ante un pequeño calvero, un grito de estupor escapó de sus labios. En medio de aquel espacio descubierto, había un hindú totalmente desnudo, con la cabeza erguida, rodeado por una docena de reptiles.

El hombre tocaba tranquilamente la flauta, como si no hubiera advertido la presencia del cazador, y las víboras, enroscadas delante suyo, con la cabeza alzada, escuchaban manteniendo una inmovilidad absoluta, como si la música las hubiera hipnotizado.

El grito de estupor que lanzó Toby, no se debía a este hecho extraño por él conocido, sino por la extraña semejanza que tenía el encantador de serpientes con el faquir que se cruzara con ellos a veinte kilómetros de distancia...

La misma piel oscura, los mismos rasgos. Lo único distinto era el turbante, la sandalia y sobre todo, el bigote que adornaba el rostro del nanek punthy.

—¿Será el mismo o no? —se preguntó el cazador, que no conseguía salir de sus dudas—. ¡Me gustaría resolver este misterio...! Pero esas malditas serpientes no me dejarán acercar... Si por lo menos pudiera oír su voz...

Dio algunos pasos adelante, mirando con cierto temor en derredor y gritó con toda la fuerza de sus pulmones:

—¡Eh! ¡Termina con tu maldita música!

El hindú alzó la cabeza y apartándose un instante la flauta de los labios, murmuró:

—¡Oh! ¡Un hombre blanco! —su estupor parecía perfectamente natural.

—Suelta esa flauta y contesta a mis preguntas...

—No puedo, sahib, si llego a hacerlo las serpientes se enfurecerían y se arrojarían encima mío...

Sin agregar palabra, el encantador de serpientes retomó su instrumento y reinició la melodía.

Estaba a punto de acercarse al hindú, cuando algo extraño le hizo detener: las víboras, hasta entonces absolutamente inmóviles, excitadas por aquella música que se tornaba más rápida y vivaz, comenzaron a contorsionarse y agitar sus cabezas, silbando y moviéndose nerviosamente. Parecían hallarse dominadas por una súbita cólera, y en vez de acercarse al flautista, se alejaban de él.

CAPÍTULO 8

Los reptiles en lugar de calmarse aumentaban sus demostraciones de cólera y sus contorsiones.

Toby, viéndolos acercar, en lugar de huir, pareció quedar clavado en su sitio. Las víboras entonces se dirigieron hacia él, mientras el hindú tocaba cada vez más apresuradamente la flauta, manteniéndose oculto tras la gran raíz del árbol.

Ya no quedaba tiempo que perder; se vio obligado a buscar refugio contra aquella invasión de reptiles.

Acababa de apoyar un pie en tierra, cuando advirtió que estaba pisando un cuerpo viscoso. El terrible silbido que llegó hasta sus oídos no podía prestarse a equivocaciones. Volviéndose espantado alcanzó a divisar una cobra que alzaba su cabeza enfurecida. Se trataba de un momento en que la vida y la muerte estaban separadas por un límite demasiado cercano...

Toby llevó la diestra al cuchillo de caza de filosa hoja, haciendo un esfuerzo para mantener el equilibrio. Con un rápido movimiento, el cazador hizo trazar a su carabina un amplio semicírculo y la descargó contra el reptil, que se desplomó con la columna vertebral destrozada en el mismo momento en que estaba por picarlo. De un salto se introdujo entre la espesura, recomendando su salvación a sus piernas. Velozmente corrió hacia el campamento.

Quince minutos después desembocó frente al elefante. Indri, viéndolo llegar a la carrera, cubierto de transpiración, se le acercó, creyéndolo perseguido por un grupo de enemigos.

56

—¡Rápido, al elefante! ¡Tengo un ejército de reptiles mordiéndome los talones!...

—¡Serpientes! —exclamó Indri, incrédulo.

—¡Me las envió aquel canalla de hindú! —contestó el cazador.

—¿Cuál?

—Después te diré... ¡partamos, que deben estar a punto de alcanzarnos...!

Bangavady ya estaba a punto de partir. Todos treparon precipitadamente, pues en las márgenes de la jungla se oían los silbidos de los reptiles que llegaban.

Mientras el elefante se alejaba a buen pasó, Toby narró su extraña aventura, haciendo reír a sus compañeros.

—Yo estoy convencido de que el faquir y el encantador de serpientes son uno solo —insistió Toby Randall—. De haber sido un inocente, no me habría arrojado encima todas esas serpientes...

—¿Pero qué fin puede tener ese hombre para perseguirnos tan obstinadamente? —se preguntó Indri con cierta inquietud.

—Es lo que hubiera deseado saber —contestó Toby.

—No dudo que te encontraste con un hábil bribón... Sé que los encantadores de serpientes pueden dormir a las víboras o enfurecerlas a voluntad; no ha querido que lo miraras de cerca y por eso te lanzó encima a todos sus amigos...

—Yo también estoy convencido de ello, Indri —asintió el cazador—. Pero si vuelvo a encontrarlo, le meteré un tiro en la cabeza.

Una sonrisa irónica se dibujaba en los labios de Dhundia sin que ninguno lo advirtiera. Naturalmente, el sikh sabía mucho más que Toby y su amigo sobre la personalidad real de aquel hindú.

A medida que Bangavady remontaba el altiplano, el paisaje iba evolucionando. A la selva iban reemplazando campos cultivados y bajos bosquecillos, y aparecían casitas y hasta hermosos bungalows que debían pertenecer a los ricos habitantes de Pannah.

—Ya no tenemos nada que temer, pues el rajá no bromea con ladrones y bandidos —dijo Indri.

—Hemos llegado —dijo en aquel momento Dhundia—. Una colina más y entraremos en Pannah.

Más allá de una hondonada se veía emerger la capital del poderoso Estado del altiplano, envuelta en las tinieblas crecientes y desprovista ya de los puntos brillantes que se vieran durante el día.

Faltaban tan solo cuatro o cinco kilómetros por recorrer, distancia que Bangavady podía franquear en media hora de marcha continuada.

—¿Estarán todavía abiertas las puertas de la ciudad? —preguntó Indri a Toby.

—Las haremos abrir —contestó el inglés—. Un hombre blanco que se ofrece a desembarazar las minas del altiplano del terrible Devorador de Hombres, no puede quedarse a la intemperie esperando que amanezca para entrar en la ciudad... Además, estoy seguro de que nos esperan...

—Tienes razón... —intervino Dhundia—. Parece que vienen a nuestro encuentro..., mira esas antorchas.

—¿Será el rajá que nos envía una escolta? —inquirió Toby—. Supongo que me conocen en toda la comarca...

—Escuchad... nos hacen señales...

—No hay duda: es una escolta que nos envía el rajá —dijo Indri—. Las autoridades se dirigen hacia nosotros...

Cinco minutos después, Bangavady se encontraba con un grupo de hombres armados de lanzas y seguidos de dieciséis hamali, o sea, portadores, que llevaban sobre sus hombros tres palanquines dorados con forma de cajas cuadradas, adornados con cortinas de seda azul y franjas de plata.

El jefe de la escolta, reconocible por el penacho de plumas de pavo real que le colgaba de un amplio sombrero de paja, se adelantó, exclamando:

—He sido enviado por el potentísimo rajá de Pannah, mi señor, para guiar y escoltar al cazador de tigres y sus compañeros. Los palanquines esperan.

—Agradecemos a tu señor tanta gentileza —contestó Toby, descendiendo por la escalera de cuerda que el cornac había dejado caer—. ¿Dónde nos debes hospedar?

—En un bungalow propiedad de mi amo, que queda a tu disposición, sahib.

—¿Quién anunció mi llegada?

—Uno de tus criados llegó esta mañana, esparciendo la noticia que arribarías al caer el sol. Algunos centinelas fueron colocados de inmediato en las torres más altas para anunciar el momento en que te hicieras visible...

El inglés subió el primer palanquín, mientras Indri y Dhundia se acomodaban en los otros dos, respectivamente, y la pequeña caravana partió inmediatamente, seguida por Bangavady.

Los hamali que cargaban los palanquines caminaban velozmente. Eran hombres escogidos para aquel trabajo, ágiles y robustísimos, pese a ser excesivamente delgados.

Como es costumbre entre esos hombres, los portadores del raja dé Pannah, apenas dieron los primeros pasos, entonaron una canción para regular la marcha, y que es casi siempre la misma para toda la India.

El pequeño valle pronto fue sobrepasado por aquellos veloces caminantes, y tras cruzar una llanura quebrada por antiguos pozos diamantíferos fuera de explotación, llegaron a Pannah.

—¡Ya hemos llegado al punto donde deberemos realizar nuestra peligrosa tarea! —suspiró para sí mismo Indri—. ¿Dejaré el honor o volveré triunfante? ¡Ánimo!

CAPÍTULO 9

P annah es una de las más antiguas ciudades de la India, y debe su fama a las riquezas encerradas en sus minas de diamantes, que son las más célebres y posiblemente las que primero se explotaron en la península indostánica.

Esa ciudad reposa sobre un verdadero lecho de diamantes, puesto que excavando en sus calles mismas se pueden encontrar piedras preciosas.

Si bien no es muy vasta, es una población con más fisonomía de ciudad europea que hindú, y está trazada con extrema elegancia.

Como todas las ciudades hindúes, no le falta un bazar espacioso, que es el único sitio que recuerda la arquitectura nativa, y un palacio para el rajá.

Tras haber atravesado varias calles, la escolta se detuvo frente a uno de los últimos bungalows que rodeaban al palacio real propiamente dicho, y en cuya puerta había un centinela.

—Hemos llegado —dijo el jefe, asomándose al palanquín ocupado por Toby Randall—. Este es el domicilio que te ha asignado el rajá.

El inglés descendió lentamente, hizo tintinear en manos del hindú algunas monedas de plata, y luego entró en el bungalow seguido de Indri y Dhundia.

Cuatro criados aguardaban en el saloncito principal, amueblado un poco a la europea y un poco a la moda hindú, con una mesa ricamente servida.

60

—Sahib —dijo uno de los siervos, que parecía ser .el mayordomo de la casa—. La cena está servida.

Toby y sus compañeros, hambrientos, dieron fin a todos los manjares, que en cantidades asombrosas desfilaron sobre la mesa.

El mayordomo, siempre atento a las órdenes de Toby, permanecía a su diestra como si esperara ser interrogado.

—¿Tienes algo que decirme? —inquirió por fin el cazador, que lo había advertido.

—Sí, sahib —contestó el mayordomo—. Mi señor desea saber cuándo matarás al Devorador de Hombres que desde hace seis semanas ha interrumpido el trabajo en las minas.

—Mañana por la noche, después de la fiesta. ¿Continúa con sus estragos ese tigre?

—Sí, sahib. Hace un par de noches devoró a un trabajador y dejó malheridos a otros dos...

—Mañana iremos a explorar el terreno, y por la noche le tenderemos una emboscada...

Luego se hicieron conducir a sus habitaciones. Toby e Indri no tardaron en dormirse.

Dhundia, en vez de acostarse, se puso a pasear furiosamente por la habitación.

Parecía estar aguardando a alguien.

Habían transcurrido veinte minutos, cuando oyó un paso rápido y suave, que subía primero por la escalera y se detenía luego junto a la puerta.

Abrió, para encontrarse frente al mayordomo.

—¿Quién te envía? —preguntó Dhundia.

—Sitama, el faquir.

—¿Tienen alguna nueva orden que darme de parte de Parvati?

—Ninguna, sahib.

—¿Entonces para qué has venido?

—Para decirte que hemos interceptado y muerto al mensajero enviado para comunicar al rajá las intenciones reales de Indri...

—Habéis hecho bien; de haber cumplido con su misión, la Montaña de Luz estaría perdida para nosotros... ¿Sabes dónde se encuentra esa piedra preciosa?

—Encerrada en una caja de hierro dentro del palacio del rajá...

Dhundia hizo un gesto de desagrado.

—¿Cómo hará Indri para apoderarse de ella? —murmuró—. Si los hombres de Sitama aún no han podido hacer nada..., no sé qué resultados prácticos podrán alcanzar Toby Randall y el ex favorito del gicowar... —y en seguida agregó—: ¿Alguien sospecha del encantador de serpientes?

—Mañana conquistará su fama de santón haciéndose colgar del poste... así nadie dudará que se trata de un verdadero faquir y no de Sitama, el jefe de los dacoitas del Bundelkand.

—¿Se dejará desgarrar la carne?

—Ese hombre tiene la piel dura. Además, la Montaña de Luz vale una tortura de algunas pocas horas.

Al siguiente día, Toby Randall y su amigo Indri fueron despertados por un sonido ensordecedor que hacía retumbar todas las calles de la ciudad.

La fiesta del tirunal comenzaba, y la población corría desde todas partes para ocupar su sitio en la procesión y asistir al sangriento espectáculo de los hombres que se dejaban colgar voluntariamente con garfios a través de las carnes, permaneciendo horas en tan incómoda posición.

—Ya que hoy no podemos hacer nada, vamos a ver la fiesta —dijo Toby—. Con todo este ruido, el tigre no osará acercarse a las minas de diamantes.

—Sahib —dijo en ese momento el mayordomo, acercándose a Toby—. Hemos reservado buenos sitios para todos vosotros en las inmediaciones de la pagoda.

—Prefiero seguir la caravana de gente que va por sus propios medios —contestó el inglés—. Agradecerás igualmente al rajá su atención.

Los alrededores del palacio habían sido invadidos por una enorme multitud, que acudiera no solamente desde todas las partes de la ciudad, sino también de los pueblos esparcidos por el altiplano.

Toby y sus compañeros, tras haberse abierto paso fatigosamente entre la multitud, habían podido alcanzar una fuente cuyo pedestal de piedra tomaba la forma de las cabezas de cuatro elefantes, y subiendo al parapeto, se instalaron en la mejor forma posible para gozar con el espectáculo.

Hacía ya algunos minutos que se hallaban allí, cuando Indri, al volver la mirada hacia la extremidad de la plaza, advirtió la presencia de un hindú de gigantesca estatura que lo miraba sin apartar sus ojos de él.

—¿Conoces a ese hombre, Toby? —inquirió en voz baja a su amigo, fingiendo mirar en otra dirección.

—No —contestó el inglés, que también había advertido las miradas del insistente individuo.

—¿Y tú, Dhundia?

—Tampoco.

—Se diría que nos vigila.

—¿Será algún espía del rajá? —aventuró Toby.

—¿Con qué motivos nos podría hacer seguir por uno de sus hombres?

—¿Si hubiese sabido los reales motivos de nuestro viaje?

—Es imposible —murmuró Indri, que no pudo contener un estremecimiento.

Trató de buscar al hindú nuevamente, pero el hombre, advirtiendo que llamaba la atención, había desaparecido entre la multitud.

En aquel momento la procesión desembocaba en la amplia plaza para dirigirse a la pagoda mayor de la ciudad, donde se debía colocar el dios.

Procedían al inmenso cortejo cuatro enormes elefantes con gualdrapas de seda roja.

Sobre sus dorsos poderosos se alzaban pequeñas torres cuadradas, espléndidamente pintadas y adornadas, donde se habían instalado los príncipes de la sangre.

Seguían a los paquidermos cincuenta caballeros con ropas lujosísimas y armados con lanzas y cimitarras; más atrás una verdadera nube de devadasi, bailarinas con los largos cabellos recogidos en rodetes trenzados con flores y diamantes, vestidas con cortísimas túnicas de seda de diversos colores.

Tras de estas jóvenes caminaban los santones, los faquires. Se veían fanáticos de toda especie, cada cual más repugnante. Había seres horrendos que provocaban más espanto que admiración en la población, con rostros y cuerpos atrozmente lacerados y ríos de sangre manando de las heridas que se hacían voluntariamente.

Ebrios por el opio y las bebidas ingeridas, aullaban como bestias salvajes, se traspasaban las carnes con largas agujas, se cortaban el pecho con cuchillos y machetes, saltando, contorsionándose y lanzando espuma por la boca.

—¡Qué repugnantes son! —comentó Toby, haciendo un gesto de desagrado.

—¡Silencio, amigo! —le advirtió Indri—. Son los santos del pueblo y puede resultar peligroso hablar mal de ellos.

Su conversación fue ahogada por otra orquesta, más numerosa que la primera, que avanzaba por la plaza tocando y percutiendo sus instrumentos con verdadero furor...

Eran los músicos que precedían al carro, una máquina inmensa, apoyada sobre doce ruedas y llena de esculturas que representaban todas las encarnaciones de Visnú, el dios conservador.

Sobre una especie de tabernáculo de piedra, ornado de flores y banderillas, estaba el ídolo, que representaba a un niño que sostenía en las manos una caña de azúcar y una flecha rodeada de rosas.

Un centenar de santones arrastraban por medio de gruesos cables el gigantesco carricoche, que avanzaba tambaleándose.

En derredor, numerosos guardias impedían que los fanáticos se arrojasen bajo las ruedas del carro para hacerse triturar por el peso del dios. Sin embargo, de tanto en tanto, alguno conseguía pasar y desaparecía, engullido por aquella máquina monumental.

El ruido se había trasformado en algo impresionante.

—Tengo los tímpanos desfondados y me siento con náuseas. Esta no es una procesión, es una carnicería —comentó Toby.

—Aquí vienen los carros de los colgados —exclamó en ese momento Dhundia, que no perdía detalle—. Cuando hayan pasado el público se dirigirá a la pagoda y podrás irte, señor Toby...

Cada uno de esos vehículos sostenía un armazón de madera, de la que colgaban un cable de diez o doce metros de largo, que podía subirse o bajarse a voluntad por medio de cuerdas convenientemente dispuestas.

En cada extremo del cable, bajo una especie de baldaquín adornado con franjas doradas, se veía la figura de un hindú casi desnudo.

Esos desdichados, víctimas voluntarias del fanatismo inconcebible que les consumía, se habían hecho colgar por medio de cuatro ganchos que les atravesaban las partes más carnosas del dorso, sujetándose con una cuerda que les pasaba por debajo del vientre para que las carnes, desgarradas, no cedieran, precipitándolos sobre las cabezas de la multitud que les seguía aullando de entusiasmo.

El primer carro ya había llegado junto a la fuente, cuando un grito escapó de labios del cazador.

—¡Mira, Indri! ¿Lo ves? Al faquir que encontramos en el altiplano...

—¿Dónde?

—Allí, colgando de uno de los carros...

—Entonces era un faquir verdadero...

—¿Lo reconoces?

—Sí, Toby..., vino para hacerse colgar.

—Y, sin embargo...

—¿Qué?

—¡Es el mismo hombre que me lanzó encima a las víboras y serpientes! —gritó el cazador indignado.

—¿No te engañas?

—No, Indri. ¡Es el mismo individuo!

—Si hubiera sido un espía, no se habría hecho colgar tan cruelmente, Toby...

—¡Hum! Este asunto es bastante turbio...

—¡Bhandara! —llamó entonces Indri, dirigiéndose al cornac que estaba a sus espaldas.

—¿Qué quieres, sahib?

—Sigue a ese faquir y vigílalo atentamente. Me dirás adónde se dirige, el sitio que habita y quién es realmente.

El cornac saltó de la plataforma al suelo y sin decir más desapareció entre la multitud.

—Bhandara no lo dejará ir sin más ni más...

—¿Y si el faquir se diera cuenta que lo están siguiendo? —inquirió Toby.

—Aunque salga de la ciudad, no lo perderá de vista. Bhandara no tiene igual para seguir una pista, sea de animal, sea humana...

CAPÍTULO 10

El inmenso cortejo continuaba su marcha a través de las principales calles de la ciudad acompañado por un estrépito creciente.

Toby Randall y sus compañeros se habían puesto en movimiento para no ser aplastados por el populacho, que se esparcía por las callejuelas laterales, arrastrando sin hacer caso a mujeres y niños.

—Se diría que todos estos hombres se han vuelto locos —dijo el inglés.

—Y por poco no me enloquezco también yo —contestó Indri sonriendo—. Es esta música estrepitosa e incesante la que produce tamaña excitación.

—¿Y los colgados permanecerán mucho tiempo en sus ganchos?

—Hasta que los carros hayan dado cuatro vueltas en derredor a la pagoda...

—¿Lo hacen por fanatismo?

—A veces sí, pero no siempre. También la ganancia tiene algo que ver con el asunto.

—No te comprendo, Indri.

—Expían los pecados de los ricos... Por ejemplo, un hombre hace una promesa, como ser, de hacerse colgar en la primera fiesta del tirunal que haya... A último momento le falta el valor, pero no osa quebrantar la promesa por temor a la cólera del dios...

—¿Qué hace entonces?

—Paga a un desdichado para que ocupe su puesto...

—¿Y los encuentra fácilmente?

—Hay tantos pretendientes que todo cuanto debe hacer es escoger al que prefiere...

Entretanto, el cortejo llegaba a la pagoda, dando vuelta en derredor. Los faquires, exhaustos por la pérdida de sangre y el insoportable tormento, habían terminado de agitarse y pendían inertes de sus garfios. Tan solo Sitama se movía de tanto en tanto, haciendo horribles gestos en su pálido rostro.

Toby y su amigo no lo perdían de vista, así como Dhundia, que parecía impresionado. Cuando vieron los carros deteniéndose frente al templo, y los cables fueron bajados para liberar a los torturados, los tres hombres trataron de abrirse paso entre la multitud, pero recién media hora después les fue posible llegar hasta allí. El dios y los colgados ya habían desaparecido. Los fieles les habían conducido al interior del templo.

—Entremos también nosotros —dijo Toby—. Tal vez lo encontraremos allá dentro.

—Tú no puedes seguirnos —observó Indri—. Olvidas que eres europeo... La multitud te destrozaría... Dejemos que Bhandara proceda.

—Entonces volvamos al bungalow para hacer nuestros preparativos y comer un bocado.

Se abrieron paso entre los millares de hindúes que se arremolinaban en torno al templo, y cuando se encontraron fuera,, advirtieron que estaban solos. Dhundia había desaparecido.

—¿Dónde habrá ido? —inquirió Toby con cierta inquietud.

—Tal vez se perdió entre tanta gente...

Mientras regresaban hacia su alojamiento, contentos de no escuchar más aquel horrendo ruido, Dhundia se introducía en la pagoda.

El sikh estaba visiblemente inquieto; había oído la orden dada a Bhandara de seguir al faquir, y conocía la maravillosa habilidad del cornac y su afecto perruno hacia Indri, por lo que quería poner en guardia a Sitama.

—Tal vez Bhandara no ha llegado junto a Sitama —pensó—. Si le gano de mano, perderá inútilmente su tiempo.

Haciendo esfuerzos prodigiosos consiguió llegar hasta la escalinata de la pagoda, de la que salían aullidos agudos.

Dhundia, habituado a aquellos espectáculos atroces, pasó sin hacer ningún gesto de horror frente a los torturados. Sin dudar un instante se encaminó hacia un ángulo donde varios sacerdotes se habían reunido frente a una monstruosa estatua que representaba a Kali, la diosa de la muerte y los estragos.

Los faquires descolgados de los garfios, pálidos, extenuados, con el rostro cubierto de un sudor frío, estaban sentados sobre una escalinata, mientras algunos sacerdotes trataban de curar sus espaldas, horrendamente laceradas por los ganchos.

Sitama estaba entre ellos y parecía ser el que menos sufría de todos. Aquel bribón debía poseer una voluntad extraordinaria y una increíble resistencia, para mostrarse tan tranquilo tras el atroz suplicio.

Advirtiendo la llegada de Dhundia, el dacoita se incorporó lentamente, mirándolo en los ojos. Había comprendido que algo muy serio sucedía para que el sikh le fuera a buscar allí.

Por lo tanto, se abrió paso entre la multitud y desapareció tras las enormes columnas del templo.

Dhundia lo había seguido, avanzando cautelosamente entre la turba, pronto a ocultarse en caso de ver al cornac. Sitama a su vez, seguro de ser seguido, aguardó inmóvil tras la columnata, para dirigirse luego hacia una de las salidas, confundido entre el populacho.

Paso a paso llegaron al bazar de Pannah, donde centenares de juglares hacían toda suerte de juegos de manos, tragaban espadas, manejaban enormes pesas o irritaban serpientes que hacían salir de sus cestas con el sonido de las flautas, haciéndolas bailar frente a los curiosos.

Sitama se detuvo entre uno de estos últimos grupos, observando a un encantador que hacía danzar a media docena de cobras y un par de serpientes gulabi.

Quien lo hubiera visto en aquel momento, no habría imaginado que era el faquir que media hora antes estaba colgado de cuatro garfios metálicos, con las carnes atravesadas y sangrantes. Parecía un insignificante hindú de clase media que gozaba con el espectáculo del bazar.

Dhundia, tras haberse asegurado que ninguno de los curiosos era Bhandara, se acercó a Sitama, murmurándole al oído:

—Cuidado: te han puesto un espía en los talones..., el cornac de Indri...

El faquir se sobresaltó.

—¿Ya me ha descubierto? —inquirió con voz imperceptible.

—No lo sé, pero Bhandara te encontrará con toda certeza, y mientras estés aquí no te dejará.

—Ven y juntos engañaremos a Bhandara.

Salió del círculo de curiosos, atravesó parte del bazar y se detuvo frente a una tienda.

Dhundia comprendió, por una señal hecha, que debía aguardar en aquel sitio, y se mezcló con los espectadores que se afanaban frente al espectáculo.

Habían transcurrido diez minutos cuando el sikh sintió que le tocaban la espalda. Se volvió, para encontrarse frente a un hindú de larga barba negra, con el rostro lleno de cicatrices, que llevaba sobre las espaldas una gran cesta formada con sutiles fibras de bambú, en la que estaba clavada una espada.

Lo acompañaba un muchachito de siete años aproximadamente, totalmente desnudo, delgado como un clavo, con ojos negrísimos y muy inteligentes. Algo más atrás había cuatro hombres que llevaban instrumentos musicales.

—¿Qué quieres? —le preguntó Dhundia.

—¿No me reconoces? —inquirió sonriendo el hindú.

—¡Sitama! —exclamó incrédulo Dhundia.

—Si tú no me has reconocido, quiere decir que puedo engañar al cazador y sus compañeros...

—Tu transformación es completa.

—Entonces, vamos al palacio real.

—¿Y tus heridas?

—Hice colocarles un emplasto que conocemos nosotros, y que no solamente las oculta, sino que ayudará a hacerlas cicatrizar...

—Eres de hierro, Sitama.

—De acero... —le corrigió sonriendo. Luego cambió de tono—. Vamos..., quiero que Indri y el cazador vean el juego de la cesta. Si no me reconocen, puedo seguir adelante y reírme del mismo Bhandara...

—¿Quién es este niño?

—Uno de los nuestros.

—¿Y estos hombres?

—Dacoitas.

Sitama hizo un gesto a los músicos y se puso en marcha.

Si bien la procesión había concluido, la fiesta estaba en su apogeo.

Cuando Sitama y sus compañeros llegaron a la plaza principal, la encontraron llena de gente, de ciudadanos, soldados y campesinos, allí reunidos para ver pasar a los grandes dignatarios de la corte que regresaban del templo.

Sitama se abrió pasó entre la multitud, dirigiéndose al bungalow habitado por Indri y Toby Randall, y haciendo señas a sus

71

compañeros para que se dispusieran en torno suyo, comenzaron la música.

Dhundia a su vez entró con paso inquieto en el bungalow, fingiendo hallarse preocupado.

—¿Dónde está, el cazador? —inquirió a los criados que acudieron a abrirle.

—Aquí, sahib —exclamó el mayordomo—. Hace una hora que te espera, y como se sentía inquieto por tu ausencia, envió a dos de sus hombres para que te buscaran.

—¿Dónde estuviste hasta ahora? —inquirió Indri viéndolo entrar.

—Os estuve buscando...

—¿Por dónde? —preguntó Toby con acento levemente irónico, pues no creía en lo más mínimo que el hindú se hubiera perdido realmente.

—Por los alrededores del templo. Suponía que estaríais allí tratando de ver al faquir de cerca.

—¿Lo encontraste? —quiso saber Indri.

—No. Cuando entré ya no estaba en la pagoda. Me dijeron que lo habían retirado casi moribundo.

—¿Morirá realmente? —exclamó Toby—. Estoy convencido que era un espía.

—¿De quién? —preguntóle Dhundia.

—De alguien que tiene interés en perder a Indri —contestó Toby mirándolo fijamente.

—Puede ser —contestó Dhundia con toda tranquilidad.

—¿Viste a Bhandara? —inquirió a su vez Indri.

—No.

—Habrá seguido al faquir —agregó Toby—. Así sabremos si morirá o vivirá.

—Aunque viva, tardará varias semanas en estar bien —exclamó el sikh—. Ese hombre, admitiendo que sea un espía, no nos dará ningún trabajo...

En aquel momento entró el mayordomo, diciendo:

—Sahib, un pobre hindú quiere mostrar al gran cazador el juego de la cesta, uno de los espectáculos más impresionantes que pueden verse en Pannah...

—¡Que se vaya al demonio!

—Es un pobre hombre, sahib...

—No conviene que un europeo lo rechace —agregó Dhundia—. Se murmuraría que el gran cazador es un avaro...

Toby, que no quería enemistarse con los habitantes de la ciudad, suspiró, incorporándose y abriendo una ventana del bungalow.

Sentados en los peldaños del bungalow, tres hindúes ejecutaban un terceto monótono con suranaë, mientras un cuarto los acompañaban con urni.

Sitama, irreconocible, había depositado en tierra la gran cesta, sobre la que estaba sentado un muchachito con aire lleno de angustia. Fingía estar lleno de cólera y agitaba la espada por encima de la cabeza del niño, profiriendo amenazas.

—¿Qué hace ese hombre? —inquirió Toby—. ¿Quiere acaso matar al pequeño?

—Presta atención — le contestó Indri, que, como su amigo, no había reconocido al faquir—. Ese hombre te mostrará un juego asombroso que nunca has visto con anterioridad...

Sitama había comenzado a correr en torno de la gran cesta, amenazando siempre al niño con la afilada hoja de su espada, mientras los músicos precipitaban los sones de sus instrumentos.

Repentinamente, el chico alzó la tapa de la cesta y desapareció en el interior de la misma; los cuatro músicos soltaron sus instrumentos y corriendo hacia la cesta, la acribillaron a puñaladas con sus largos machetes. Por algunos instantes se oyeron lamentos lanzados por el niño, que parecía haber sido acribillado. Luego, nada.

—¿Pero dónde ha huído ese niño? —inquirió asombrado el inglés—. Seguramente no está en la cesta ...

—Te engañas —contestó Indri—. Está allí dentro...

—¡Imposible! La cesta apenas podía contenerlo y ahora está toda destrozada.

—Mira y te persuadirás...

Los músicos retomaron sus instrumentos, iniciando una marcha salvaje. Un instante después, se oyó una voz que parecía llegar desde muy lejos. Era la del niño.

Y cada vez se tornaba más clara, como si se acercase, en tanto que la cesta retomaba su tamaño y forma original. De pronto se abrió y el chico salió de un salto, totalmente ileso.

—¿Estuvo o no en el interior del cesto? —inquirió Indri riendo ante el estupor de su amigo.

—¡Este juego es maravilloso! —exclamó Toby, arrojando un puñado de rupias al niño—. ¿Cómo se puede explicar?

—El único que podría decirlo es el juglar, pero no lo revelará a ningún precio; es un secreto que no se vende.

Sitama recogió las rupias y tras hacer una nueva reverencia, se alejó con sus hombres y el niño. Ya estaba seguro de no haber sido reconocido y confiaba en engañar al mismo Bhandara.

CAPÍTULO 11

Cuatro horas después, poco antes de la puesta del sol, Toby y sus compañeros dejaban el bungalow para dirigirse a explorar el terreno no azotado por el Devorador de Hombres.

Querían buscar un puesto adecuado para preparar la emboscada, y ver también las trampas preparadas por algunos hindúes valerosos, que no habían sido visitadas más a causa de los estragos cometidos por la fiera.

El rajá había puesto a sus órdenes un espléndido ruth, carro de dimensiones monumentales, originario del país, cubierto, tirado por cuatro bueyes grandes y blanquísimos.

—Probablemente con todo este estrépito, el tigre no habrá dejado su guarida —dijo Toby mientras el carro tambaleándose y tropezando se dirigía hacia los suburbios de la ciudad—. Claro que no debemos confiar... Cuando menos se los espera, caen encima...

Lentamente, el pesado carromato se alejaba del centro de la ciudad, dejando atrás gritos y sonidos que se tornaban cada vez más débiles.

Los suburbios estaban desiertos.

Un silencio casi absoluto reinaba más allá de la muralla, quebrado tan solo por los mugidos de los cuatro bueyes y el rechinar de las ruedas.

Pronto comenzaron los terrenos diamantíferos, que se extendían casi hasta la ciudad, alejándose en dirección al centro del inmenso altiplano, a lo largo de las pendientes occidentales de las montañas.

El terreno estaba perforado y socavado por todas partes, cubierto de matorrales en las partes abandonadas por los mineros, y con numerosos arbustos en floración.

La zona diamantífera de Pannah es la más antigua que se conoce, y también la más rica, pues sus yacimientos producen mayor cantidad de gemas y mucho más puras que las de las minas de Brasil o Transvaal.

Se extiende a lo largo de unos treinta kilómetros en torno de la ciudad de Pannah, y produce diamantes que tienen esplendores maravillosos que varían desde el blanco más puro hasta el negro, con todos los tonos intermedios de rosado, amarillo y verde oscuro.

—Quisiera poseer las riquezas que se ocultan en estos terrenos —dijo Toby, que había alzado las persianas de bambú para poder observar mejor los campos diamantíferos.

—¿Aquí fue hallada la Montaña de Luz? —inquirió Dhundia.

—Sí, en estos terrenos —contestó el cazador—. Es una historia bien curiosa la del Koh-i-noor, como fue llamado el célebre diamante. El minero que lo encontró no era ningún tonto, y suponiendo que aquel diamante podría valer una suma fabulosa, en vez de entregarlo a los capataces, lo ocultó. La empresa no era fácil, pues los mineros son revisados escrupulosamente, y por su tamaño resultaba imposible tragarlo, como han hecho otros mineros en circunstancias parecidas para robar pequeñas piedras preciosas. ¿Qué hizo el astuto nativo? Con una sangre fría extraordinaria se produjo una terrible herida en la pierna, y ocultó en carne viva el diamante. Viéndolo tan lastimado, los capataces lo enviaron de inmediato a su casa, donde el hombre quitó la piedra de la herida y dos semanas más tarde la vendió por diez mil rupias... , un diamante de doscientos noventa y nueve kilates, que valía millones... Empero, un agente del rajá de Pannah lo descubrió cuando estaban por sacarlo de contrabando del altiplano y obligó al poseedor a devolverlo. Desde entonces se halla celosamente guardado en el palacio real...

—Y es allí donde debemos tomarlo... —murmuró Indri en voz baja—. ¿En cuánto ha sido valuado?

—Un millón de rupias.

—Puedo pagar esa suma sin temor de arruinarme...

—Aunque pagaras el doble, el rajá se negaría a vendértelo, pues el diamante en cuestión es considerado un precioso talismán.

Mientras el cazador y los dos hindúes conversaban, el ruth continuaba introduciéndose a través de los campos diamantíferos, completamente abandonados tras la aparición del terrible Devorador de Hombres.

Ya la ciudad estaba lejana y no se distinguían casi sus luces. Todo rumor se había extinguido totalmente.

Aquellos eran los dominios del bâg, el "Señor Tigre", como llaman los hindúes al terrible felino.

El vehículo había llegado al lindero de una extensión de bambú, deteniéndose.

—Sahib —exclamó el jefe de los batidores, acercándose a la portezuela—. No es muy prudente continuar con el ruth. El bâg frecuenta esta zona...

Toby alzó su carabina de caza y las municiones, saltando a tierra, seguido por Indri y Dhundia.

—¿Nos detenemos aquí? —inquirió Indri.

—Sí. Una vez plantado el campamento, nos internaremos entre la maleza y buscaremos un sitio adecuado para construir la plataforma...

—¡Qué sitio salvaje! —comentó Indri—. Ni siquiera en Baroda he visto una jungla como esta...

—Es una de las más hermosas del altiplano —contestó Toby—, y también una de las más peligrosas, pues no está habitada tan solo por tigres...

—¿Dónde construiremos la plataforma?

—Allá alcanzo a distinguir un espacio abierto que nos servirá maravillosamente bien.

Se trataba de un calvero rodeado de tamarindos y bananeros, en el centro del cual se erguía un baniano, que comenzaba a extender sus troncos secundarios listo para cubrir todo el claro en pocos años.

De inmediato, los dos criados hindúes comenzaron a trabajar para preparar la plataforma, que consistía en un simple andamiaje de bambú de cuatro o cinco metros de altura, sobre el que se cruzaban varios troncos menores que permitían la permanencia de cuatro o cinco hombres en posición más o menos incómoda.

En torno a la base se colocaron ramas con mucho follaje para ocultar mejor su situación, y lo mismo se hizo sobre la parte superior, en forma tal que los cazadores quedaron fuera de la vista del tigre.

Luego, los rastreadores ataron una cabra, llevada especialmente como cebo, cerca del baniano, para que con sus tristes balidos atrajera al tigre a un sitio donde resultara fácil hacer blanco.

—Regresad al campamento y no os mováis de allí hasta mañana por la mañana —dijo Toby a sus dos hombres—. Si oís disparos, no os inquietéis, que seremos nosotros.

—Buena suerte, sahib —contestaron los dos hindúes tomando sus hachas y fusiles—. Al amanecer estaremos de regreso.

Instantes después desaparecían apresuradamente bajo las plantas, contentos de volver al campamento donde contarían con la protección de las hogueras.

Toby dio vueltas en torno al baniano para reconocer el campo antes de subir a la plataforma, y luego trepó a la misma, reuniéndose con Indri y Dhundia.

Acomodándose en el centro de la plataforma, donde las ramas eran más sólidas, se pusieron a comer con toda tranquilidad, como si en lugar de hallarse en medio de los dominios del Devorador de Hombres, estuvieran en el saloncito del bungalow, en Pannah.

El único que no parecía hallarse muy a gusto era Dhundia, que de tanto en tanto se interrumpía para arrojar una mirada hacia el baniano, donde estaba atada la cabra.

—¡Qué calma! —exclamó Indri—. Se diría que en esta selva no hay ni siquiera un perro salvaje, sin hablar de los chacales y antílopes...

—El tigre seguramente los habrá hecho huir... —aventuró Dhundia.

—Realmente es una noche muy tranquila —asintió Toby.

CAPÍTULO 12

Desde el baniano comenzó a soplar una débil brisa. Si el bâg se encontraba allí, su agudo y selvático olor debía llegar hasta la plataforma.

—¿El tigre seguirá en su cubil? —preguntó Indri.

—Es imposible saberlo —respondió Toby.

Durante algunos minutos el cazador permaneció inmóvil, prestando suma atención y observando la cabra que se había echado entre la maleza baja que crecía en torno al baniano.

Entre el profundo silencio que reinaba en la foresta, resonó repentinamente el ronco y siniestro rugido del bâg, el Devorador de Hombres de Pannah...

La cabra, aterrorizada, contestó con un balido tembloroso que parecía un gemido prolongado.

Los dos hindúes y el cazador se miraron; hasta el propio Toby Randall, cuyo oído estaba acostumbrado a escuchar aquel rugido en las tinieblas, se estremeció levemente.

—Se ha anunciado —dijo—. Este es el momento de conservar la calma y hacer llamado a todo nuestro valor... el Devorador de Hombres nos ha olfateado y nuestra carne parece tentarle...

Hizo una señal a dos de sus compañeros para que prepararan las armas, apartó las ramas que rodeaban la plataforma, y miró hacia el baniano.

El tigre no había vuelto a dejar oír su grito. Advirtiendo la presencia de los cazadores, se tornaba prudente...

Toby estaba seguro de verlo aparecer de un momento a otro. Tal vez en aquel momento les espiaba, oculto entre la espesa vegetación, para darse cuenta del número de enemigos que debería enfrentar...

—¿Lo ves? —inquirió Indri, en voz baja.

—No —contestó Toby.

—¿Estará muy lejos?

—El rugido resonó bien cerca... No debe estar a más de cuatrocientos pasos de distancia.

—¿Por dónde vendrá?

—¿Quién puede saberlo? Tal vez en estos momentos está girando silenciosamente en derredor del claro.

—¿Saltará sobre nosotros? —preguntó entonces Dhundia, que parecía atemorizado.

—Tratará de hacerlo.

—¿Podrá subir?

—No lo creo.

La cabra había lanzado otro balido desesperado. La pobre bestezuela se había incorporado, tirando desesperadamente de la cuerda que la ataba, tratando de romperla para huir a través de la foresta.

Así transcurrieron algunos minutos angustiosos; el bâg no se mostraba pero Toby estaba seguro de que se iba acercando lentamente, tomando toda suerte de precauciones, arrastrándose entre las altas hierbas que rodeaban al calvero.

—Debe ser un animal muy astuto —dijo el cazador, que comenzaba a sentirse inquieto—. ¿No se resolverá a mostrarse de una buena vez?

Acababa de decir estas palabras, cuando frente a él, en medio de un enorme grupo de bananeros salvajes, se volvió a escuchar el rugido de la fiera.

Casi al mismo tiempo, otro rugido resonó más lejos, en dirección opuesta.

Toby hizo un gesto de profundo estupor:

—Son dos Devoradores de Hombres... —exclamó.

—Quiere decir que tanto los habitantes de Pannah como los mineros, estaban equivocados al creer que tantos estragos eran producidos por un solo tigre...

Ambos tigres se llamaban, pero estaban aún bastante alejados. Probablemente querían reunirse antes de atacar a los cazadores.

De pronto se hizo un profundo silencio, y los roncos rugidos cesaron, reinando una calma amenazadora sobre el calvero.

—¡Avanza! —exclamó aprensivamente Indri.

Toby alzó la carabina, presto para descargarla apenas se mostrara la fiera, y en ese mismo momento se escuchó un ronco rugido bajo la base de la plataforma.

—¡Tenemos un tigre debajo nuestro! —dijo Dhundia.

—El asunto se pone feo —exclamó el inglés—. Cuidad vuestros nervios y procurad que los disparos no fallen...

Estaba a punto de inclinarse sobre el borde de la plataforma para disparar, cuando hasta ellos llegó un balido desesperado de la cabra, y tras un rumor de cuerpos agitándose, se hizo nuevamente el silencio.

—¡El tigre está devorando la cabra!... —balbuceó Dhundia.

—¡Ahora se las tomará con nosotros! —repuso Indri.

—Tú y Dhundia apunten al tigre que está debajo nuestro. Yo trataré de liquidar a este —dijo entonces Toby.

Se incorporó para dirigirse a la parte opuesta de la plataforma, cuando un ligero temblor en la misma le hizo detener.

—¡Atención! —gritó—. ¡El tigre está por saltar! ¡Calma y sangre fría!

Los bambúes continuaban oscilando, y la plataforma sufría tales sacudidas que era de temer cayera destrozada.

82

La bestia se abatía contra la base de la plataforma, tratando de derribarla, pues no tenía suficiente agilidad como para saltar sobre la misma.

Las sacudidas se hacían cada vez mayores, y de tanto en tanto se escuchaban golpes secos, como si el bambú se estuviera partiendo ante los formidables zarpazos del animal.

—¡Toby! —exclamó Indri—. Me parece que los sostenes de la plataforma están cediendo...

—Si caemos nos devorarán —agregó Dhundia, con acento lleno de terror.

—¡Callad! Allí está el otro... —exclamó Toby.

A pocos pasos, mirándoles, estaba el tigre. Era un hermoso animal, enorme y de potente musculatura, uno de los más fuertes y espléndidos tigres reales que Toby Randall viera en su vida de cazador.

Entre sus potentes mandíbulas apretaba uno de los travesaños de la plataforma y trataba de triturarlo.

Al ver al inglés, soltó el travesaño y se irguió, lanzando un sordo rugido, mientras todo su cuerpo se ponía tenso, para tomar envión y saltar.

Con toda velocidad, Toby separó las ramas que protegían la plataforma y sacó su carabina. Pero el tigre fue más rápido. Advirtiendo la maniobra del cazador, dio un salto repentino y se aferró al borde superior del andamiaje. Su cabeza apareció a dos pasos de Indri, lanzándole en pleno rostro un aliento cálido y fétido.

Dhundia se echó hacia atrás, gritando:

—¡El tigre! ¡Huyamos!

Pero Indri apuntó con su arma hacia el animal, en tanto que Toby, que no había tenido casi tiempo de virar sobre sí mismo, trataba de retirar su carabina del espacio abierto entre las ramas.

Un disparo resonó en la noche. Era Indri, que había hecho fuego sobre el animal.

El tigre, herido con toda seguridad, pero posiblemente de ninguna gravedad, cayó a tierra dando una voltereta y lanzando un ronco rugido de cólera y dolor. Luego, con una agilidad increíble, se arrojó sobre uno de los cuatro soportes mayores del andamiaje, derribándolo.

Casi al mismo tiempo, el segundo tigre salió de la espesura, donde estuviera hasta entonces prudentemente oculto.

Atravesando el claro con la velocidad de una flecha, se dejó caer sobre la plataforma.

—¡No soltéis las armas! —gritó el inglés.

El andamiaje se inclinó, cayendo luego con un ruido estrepitoso y arrastrando a los dos hombres y el tigre. Los dos hindúes lanzaron un grito de terror.

—¡Estamos perdidos!

El cazador, en aquel terrible instante, había conservado la calma maravillosamente bien.

Acababa de caer a tierra, y si bien estaba algo aturdido por el golpe, se reincorporó de un salto, carabina en mano, arrojando una mirada en derredor y saltando para ponerse entre sus compañeros y el tigre.

Los dos hindúes lanzaron un grito de terror.

Los dos felinos parecían a punto de saltar sobre los tres hombres como si se hubieran puesto de acuerdo para hacerlo al unísono.

Toby apuntó a la fiera más cercana, y disparó.

El felino profirió un terrible rugido, saltó al aire, contorsionándose, y luego cayó fulminado.

El otro, con un tremendo esfuerzo, saltó por encima de las cabezas de los tres hombres, desapareciendo en las profundidades de la jungla.

Indri se incorporó, empuñando su carabina por el caño, presto para utilizarla como maza.

—¿Muerto? —inquirió, señalando al tigre caído.

—A tiempo —asintió Toby, con voz no muy firme.

—¿El otro?

—¡Huyó!

El hindú estrechó enérgicamente la diestra del cazador.

—Te debemos la vida —dijo.

—Veamos si maté al primer tigre o al segundo —intervino Toby—. ¿Dónde lo habías herido tú?

—En el cuello —contestó Indri.

Se inclinaron sobre el animal y lo examinaron a la luz de la luna.

—Es el que heriste tú... —exclamó el inglés—. Tiene una paletilla perforada y el cráneo destrozado...

—¿Entonces el que huyó está incólume?

—Sí.

—¿Volverá?

—No lo esperemos, Indri. Perderíamos el tiempo lamentablemente. Te aseguro que para matarlo tendremos muchísimo trabajo... Ya ha comprendido que somos peligrosos para él, y se cuidará bien de acercársenos...

—Dejémoslo partir... —intervino Dhundia—. Total, el raja había prometido diez mil rupias a quien entregara el cadáver del tigre cebado... Ya ganamos el premio y tenemos a un tigre muerto...

—Es cierto —contestó Toby Randall—. Pero quiero ser honesto. No dejaré estos bosques hasta tener a la segunda fiera abatida a mis pies... El rajá estará doblemente agradecido, y... tú me comprendes, ¿verdad, Indri?

—Sí, amigo mío, y estoy de acuerdo contigo —contestó el ex favorito del gicowar de Baroda—. Aprovecharemos su agradecimiento...

—Vamos..., fabriquemos una angarilla para cargar al tigre y regresemos al campamento. Esta noche nada nos queda por hacer...

CAPÍTULO 13

Cuando llegaron al campamento, los fuegos ardían y los cuatro batidores estaban muy inquietos por la prolongada tardanza de los cazadores tras de los dos disparos escuchados.

Viendo a los tres hombres regresar con el cadáver del tigre, prorrumpieron en exclamaciones de alegría, pues aquella terrible fiera que devorara tantas víctimas había sido considerada invencible por los habitantes de Pannah.

Al ver el cuerpo en el suelo, los cuatro nativos se precipitaron sobre el mismo, cubriéndolo de injurias y amenazas. Ahora que no podía dañarles, se consideraban con derecho de insultarlo...

Pero al oír hablar de "el otro tigre", aquellos valientes se apagaron con toda rapidez, y toda su audacia se esfumó de golpe.

—¡Otro! —exclamaron, palideciendo—. ¿Estás seguro de haberlo visto, sahib?

—Con toda certeza —contestó el inglés flemáticamente—. ¿Nadie había sospechado que en lugar de un tigre eran dos?

—No, sahib —contestó el jefe de los batidores—. Todo el mundo creía que era uno solo...

—Entonces ganaremos doble premio.

—¿Quieres matar también al segundo?

—Hemos prometido desembarazar a Pannah del Devorador de Hombres que impide trabajar en las Minas. Si son dos en lugar de uno, mataremos también al segundo para cumplir con nuestra promesa.

—¡Qué valor! —exclamó el jefe de los nativos, mirándole con admiración y paseando sus ojos por los otros dos cazadores—. ¡Os haremos preparar una entrada triunfal!

—¡A dormir! —exclamó Toby, dirigiéndose a sus dos compañeros—. Mañana iremos a visitar las trampas tendidas y buscaremos un nuevo sitio donde emboscarnos.

Sin hablar más entraron en el carromato, donde los nativos habían preparado tres lechos, y quedaron profundamente dormidos, en tanto que los cuatro hindúes, más atemorizados que antes, avivaban los fuegos para mantener alejado al compañero del terrible Devorador de Hombres muerto.

Naturalmente, el segundo tigre no osó aparecer, y la noche transcurrió tranquila.

Al amanecer, cuando Toby y sus compañeros se levantaron, los servidores nativos ya habían despellejado al tigre, poniendo a secar la espléndida piel del animal sobre cuatro estacas de bambú, para impedir que se arrugara.

—Era realmente un animal estupendo —dijo Toby complacido—. Hará un excelente papel en uno de los salones del rajá.

—Si la otra es tan bella, se la enviaremos al gicowar.

—No debemos desollar al tigre antes de cazarlo, Indri —le contestó Toby riendo.

—Tendremos que tenderle una verdadera emboscada. Después de lo acaecido anoche, se habrá tornado muy desconfiado, y tú sabes lo astutos que son estos felinos. No se acercará en el resto de su vida a otra plataforma de bambú... Nunca es posible engañar dos veces seguidas a un tigre empleando la misma treta.

Eran ya las diez de la mañana cuando estuvieron listos para realizar la proyectada expedición por la jungla.

La primera visita fue al calvero, pues querían asegurarse de si el tigre había regresado o no para devorar la cabra muerta.

Del pobre animal apenas quedaban los huesos mondos y algún trozo de piel.

Toby examinó los contornos, para observar si había rastros.

—Ha sido el tigre —dijo luego que hubo constatado—. Esa fiera posee una audacia a toda prueba. Otra no hubiera regresado.

—Si tendemos aquí una trampa, tal vez consigamos atraparla...

—Prefiero buscar otro sitio —contestó Toby—. Además, este claro es demasiado descubierto.

Atravesaron el calvero y se introdujeron nuevamente en la jungla que cada vez se tornaba más espesa.

En la vecindad había una trampa, preparada algunas semanas atrás por los ojeadores del rajá, y deseaban visitarla, pese a que estaban seguros de encontrarla vacía.

El batidor, que conocía la selva, les guió a través de un sendero abierto entre la cerrada vegetación, deteniéndose frente a una jaula de grandes dimensiones semioculta entre la maleza.

La trampa tendida por los hombres del rajá consistía en una jaula, de pesada madera, cuya entrada estaba sujeta por medio de un delgado cable a la elástica rama de un tamarindo. Dentro de la misma, habían colocado el cadáver de un antílope que ya estaba en total estado de putrefacción, y en el fondo un gran espejo, oculto por las ramas de los arbustos vecinos.

La fiera, atraída por el olor de la carne, ordinariamente se introduce en la jaula sin mayores dudas, pero al ver reflejada su imagen en el espejo, cree que se trata de otro tigre que quiere disputarle la presa, y se arroja contra la pulida superficie, que se rompe, cortando la cuerda. De inmediato la puerta se cierra con un golpe, y el animal queda prisionero.

Empero, en aquella oportunidad, la ingeniosa trampa no había tenido ninguna utilidad.

—Yo lo dije: son demasiado astutos para dejarse atrapar —comentó Toby—. Sin embargo, este sitio me parece apropiado para tender la emboscada. El olor que lanza esa carroña debe haber atraído a los dos tigres más de una vez...

—Yo sospecho que su cueva no está muy lejos, sahib —agregó el batidor nativo.

—¿Qué te lo hace suponer?

—El acre olor a carne en descomposición que llega desde ese macizo de bambú que se prolonga frente a nosotros... Allí también hay carroña llevada posiblemente por el bâg.

—Entonces también debe encontrarse allí su cubil... —murmuró Dhundia.

—¿Quieres que vayamos a visitar ese macizo? —preguntó Indri a Toby.

—No —contestó el inglés—. El tigre podría darse cuenta de que hemos hallado su refugio y escaparía sin darnos tiempo de buscarlo.

—¿Entonces tendemos la emboscada aquí?

—Sí. Esta noche vendremos a montar guardia.

El batidor había llevado consigo una pala y dos pequeños picos, y en menos de dos horas, ayudado por Dhundia, excavó una fosa capaz de permitir que el cazador cargara cómodamente sus armas y se ocultara de la vista de su futura presa. Hecho esto, la cubrieron con ramas y hojas.

Entre tanto, Toby y su amigo recorrieron la maleza, pues no era improbable que el tigre se hallara en las inmediaciones.

Cuando el apostadero estuvo concluido. Dhundia y el hindú se unieron a los dos cazadores y volvieron sobre sus pasos, pasando entre los enormes árboles de la selva. Finalmente, entraron en el campamento alrededor del mediodía, cuando el sol, ardiente y peligroso, hacía imposible estar fuera de la reparadora sombra del carretón.

Durante la jornada, un mayordomo del rajá se presentó en el campamento para buscar noticias del cazador blanco.

90

Al enterarse del feliz éxito del primer intento, el mayordomo se sintió entusiasmado.

—Lleva contigo la piel —dijo Toby—. La regalamos a su alteza.

—¿Y cuándo mataréis al otro bâg?

—Trataremos de hacerlo esta misma noche.

—Nadie había sospechado hasta ahora que se trataba de dos Devoradores de Hombres. Si conseguís al segundo, el rajá aumentará el premio establecido...

—Entonces procuraremos ganarlo —contestó sonriendo Toby—. ¡Ah! Olvidaba preguntarte algo que me interesa...

—¿Qué, sahib?

—¿Ha regresado nuestro cornac al bungalow?

—¿No está con vosotros? —preguntó a su vez el mayordomo.

—Lo habíamos dejado en Pannah...

—Nadie volvió a verlo por las calles de la ciudad.

Toby y su amigo se miraron con inquietud.

—¿Seguirá tras las huellas del faquir? —inquirió el cazador en inglés, mirando a Indri.

—¿O ese hombre misterioso se habrá dado cuenta de su persecución? Temo que algo malo le haya ocurrido a mi cornac —contestó en el mismo idioma el ex favorito del gicowar de Baroda—. Todo es posible en este país infestado de dacoitas.

—No me siento tranquilo, Indri.

—Yo tampoco, Toby.

—Estoy impaciente por regresar a Pannah. No veo claro en todo este asunto.

—¿Temes alguna mala pasada por parte de mis enemigos?

—Sí, Indri. Parvati es capaz de cualquier cosa, y tengo la sospecha de que ese faquir es uno de sus enviados.

Los preparativos para la caza nocturna tardaron poco tiempo. Cambiaron las cargas de sus carabinas, se proveyeron de mantas para combatir la humedad nocturna y llevando botellas de cerveza y un frasco de gin, salieron del campamento junto con la luna, encaminándose al foso cavado aquella mañana.

Conociendo ya el camino que debían seguir, llegaron pronto al pequeño calvero y se instalaron en el foso.

Antes de hacerlo, ataron otra cabra que llevaron con ellos, colocándola frente al foso, junto al tronco de un árbol.

Tendieron las mantas en el fondo del foso, se acomodaron y taparon casi enteramente la boca del mismo con cañas y troncos de bambú.

Las tinieblas eran densísimas bajo las copas de los árboles. Poco a poco, el silencio se adueñaba de todo. Los gritos ensordecedores de los papagayos habían concluido, y solamente se dejaban oír los susurros de las cañas movidas por una ligera brisa que llegaba desde las montañas.

Los tres cazadores, inmóviles como estatuas, con los rostros apoyados contra las ramas de bambú que les cubrían y las carabinas listas para entrar en acción, mantenían sus miradas fijas en la maleza en la dirección donde, suponían, estaba el cubil de la fiera.

Ninguno producía el menor ruido. Solamente la cabra, que comprendía instintivamente el peligro que corría, balaba lastimeramente tratando de romper la soga que la mantenía atada al árbol.

Media hora había transcurrido y la luna iluminaba claramente el calvero, cuando el bosque, hasta entonces desierto, pareció despertar. En medio del bambú se comenzaban a oír extraños rumores, misteriosos sonidos, roncos gritos inarticulados, gemidos apenas sofocados y toses.

—En los alrededores debe haber algún arroyo —murmuró Toby—. Los animales van a abrevarse...

Pero los cazadores no oían aún el rugido ronco y grave que lanzan los tigres cuando abandonan sus guaridas para comenzar sus correrías nocturnas.

—¿No habría abandonado su escondrijo la fiera?

—Se hace esperar —dijo Indri.

—Vendrá —contestó Toby tranquilamente—. Esta parte de la selva es demasiado frecuentada por los antílopes para que no piense en buscar su presa.

—Lamentaría que no se mostrase... —repuso Indri.

—Te repito que mañana haremos nuestra entrada triunfal en Pannah...

Una hora más transcurrió, cuando Toby, que había apartado algo los bambúes para respirar un poco de aire, oyó llegar desde la trampa un sordo maullido.

—Atentos, amigos —dijo—. Me parece que el tigre dejó su refugio...

Alzando la cabeza miró hacia la trampa La neblina se había diluido, y la luna iluminaba espléndidamente aquella parte de la foresta.

Hubiera sido imposible que un animal escapara a las miradas del cazador.

—No lo veo aún —dijo el inglés—. Pero lo huelo.

El aire estaba impregnado del olor a felino que acompaña a los tigres...

—¿Se habrá emboscado? —inquirió Indri.

—Esperará que pase algún antílope para mostrarse... —replicó Toby.

—La cabra ya no bala...

—Ha olfateado al carnívoro.

—¡Allá! ¡Mirad! —exclamó Dhundia—. ¿Lo véis?

Una sombra acababa de salir de un grupo de altas hierbas, adelantándose prudentemente hacia el espacio libre que se extendía frente a la trampa.

—¡El tigre! —susurró Toby al oído de Indri—. No hagáis fuego... Dejemos que se acerque hasta estar a buen tiro...

La fiera se acababa de detener, azotándose los flancos con inquietud y olfateando el aire. Por algunos instantes permaneció inmóvil bajo la sombra de una planta, y luego avanzó hacia adelante, mostrándose a la luz de la luna.

Se trataba de una fiera tan grande como la primera. Seguramente de un solo zarpazo podía matar un toro..

—¡Qué bestia magnífica! —exclamó Toby—. Bien vale por la otra...

Repentinamente, el tigre dio un inmenso salto y desapareció en medio de un macizo vegetal.

—¿Nos habrá olfateado? —inquirió Indri inquieto.

—Estamos a sotavento y no puede haber advertido nuestra presencia —respondió Toby—. Se habrá emboscado para sorprender a algún antílope...

A escasa distancia de donde se ocultara el tigre, se oían agitar las malezas y quebrarse ramas secas.

La víctima propiciatoria para el tigre era un nilgó. Advertido por el agudo olor de la fiera, el elegante ciervo se detuvo y agachó la cabeza, apuntando con sus agudos cuernos hacia su invisible enemigo.

El bâg saltó en ese momento sobre el antílope, cayendo con todo su peso y derribando al pobre animal. Luego, con un golpe de zarpa, lo arrojó al suelo con el costado abierto. Inmediatamente sorbió la sangre que manaba de la yugular. Luego, saciada su sed, desgarró el costado con sus garras, duras como el acero, y comenzó a devorar.

Toby, aprovechando aquel momento en que el tigre no prestaba atención a lo que ocurría en derredor suyo, se alzó sobre el foso, apuntó con su carabina y disparó.

La nube de humo no se había disipado totalmente, cuando el felino cayó junto a su víctima, como si la bala infalible del cazador lo hubiera fulminado.

El ex favorito del gicowar, creyendo que el carnicero estaba muerto, saltó hacia adelante, cuchillo en mano.

Estaba ya a pocos pasos de distancia, cuando vio que la fiera se reincorporaba lanzando un aterrador rugido, y se alzaba sobre sus patas posteriores.

—¡Atrás, Indri! —gritó Toby, arrancando la carabina de manos de Dhundia.

Pero no era necesario. Indri, arrojando su cuchillo de caza, arma totalmente ineficaz frente a tamaño enemigo, empuñó firmemente su fusil y saltando al costado para evitar la carga del felino, apuntó su arma y disparó en un solo movimiento.

El tigre se desplomó con el cráneo destrozado.

—¡Magnífico golpe! —gritó Toby, que ya corría hacia su amigo—. ¡Eres digno hijo de la selva!

CAPÍTULO 14

Mientras Indri y Toby iban a cazar a las dos sanguinarias fieras, el cornac Bandhara seguía con tanta tenacidad como el mejor policía británico las huellas del astuto faquir.

El hindú, al par de tantos otros conductores de elefantes, pertenecía a la numerosa casta de los ladrones, casta que nada tiene de deshonrosa a los ojos de los demás habitantes del Indostán.

Bandhara, que perteneciera a dicho gremio, era tal vez el único hombre capaz de competir con el faquir. Astuto, prudente, observador profundísimo, ágil como una serpiente y dotado de un valor poco común entre los hindúes, podía tener alguna posibilidad de atrapar a tal bribón.

Apenas abandonó a su amo, se encaminó al bazar para cumplir con la primera parte del plan trazado. Ante todo debía transformarse. Luego buscaría un compañero, cosa no muy difícil en un país donde los criados y siervos se encuentran a millares y piden por su trabajo solamente la comida que se les quiera dar. Entretanto, en una tienda perteneciente a una vieja hindú, se convirtió en un brahmán brigibasa. La transformación había sido completa porque esta clase de brahmanes lleva complicadas vestiduras, gran turbante que desciende hasta la mitad del rostro, collares de conchillas blancas y numerosos anillos.

Para completar su disfraz, Bandhara se había apoderado de un chal de algodón amarillo que dichos brahmanes siempre llevan mojados en agua, que les sirve para refrescarse la cabeza y la frente.

Satisfecho por el traje adoptado, que le daba un aspecto majestuoso, el ex ladrón se encaminó inmediatamente hacia una agencia donde podía conseguir un criado, y tras haber revisado a numerosos candidatos, detuvo su mirada en un muchacho de trece o catorce anos, que parecía a un tiempo astuto y muy robusto para su edad.

—Este es el que me conviene —murmuró para sí—. Me comprometerá menos que un adulto, y bastará para mis planes.

—¿Cómo te llamas? —le preguntó luego en alta voz.

—Sadras —contestó vivamente el chico.

—Está bien; te daré dos rupias y comida si me sirves fielmente... Después veremos.

El cornac pagó una rupia al agente, hizo vestir decentemente al chico, y lo condujo consigo.

—Y ahora —se dijo—, vamos a la pagoda. El faquir será bien astuto si llega a reconocerme. Un pobre cornac nunca puede llegar a ser brahmán ...

Cuando llegó a la pagoda, siempre seguido por el muchachito, la multitud era enorme y rodeaba el sitio donde estaban sentados los que sufrieran la terrible prueba de la suspensión.

Con una sola mirada advirtió que el faquir había desaparecido.

—¿Habrá sospechado que le seguiríamos? ¿Hacia dónde puede haber marchado? —se preguntó.

Primero, comenzó por inquirir detalles sobre el paradero de Sitama en derredor suyo, pero al no conseguirlos, no insistió. Era prudente no comprometerse.

Dejando la pagoda se encaminó hacia el bazar, llegando en el momento en que el hábil bribón, transformado en juglar, se dirigía al bungalow para representar frente a Toby. Sin imaginarlo,

Bandhara prosiguió dando vueltas sin tener noticias del taimado faquir.

Cuando llegó a la puerta del palacete, fue sorprendido por la noticia que le dio el mayordomo: Indri, Toby y Dundhia habían partido, dirigiéndose hacia la jungla para cazar al tigre. El hindú no le había reconocido, por lo que Bandhara creyó conveniente conservar el incógnito.

—No me conviene darme a conocer —se dijo —. Vayamos a buscar alojamiento en otro sitio; si el amo ha partido sin mí, significa que no considera necesarios mis servicios y prefiere que prosiga buscando...

Volviéndose hacia el muchachito le preguntó si sabía donde se encontraba el mejor albergue de la ciudad para pasar la noche.

—Cerca del bazar hay uno —contestó Sadras—. Lo frecuentan las personas distinguidas.

—Llévame hasta allí...

Estaban a punto de dirigirse al albergue, cuando los agudos ojos del cornac se posaron sobre unas huellas humanas impresas sobre el polvo, frente a la ventana principal del bungalow.

—Algunas personas se han detenido aquí... —murmuró—. ¡Eh! ¿Qué es esta forma cuadrada que veo impresa junto a la puerta? ¿Habrán venido juglares a dar una representación?

Tras asegurarse de que nadie le estaba mirando, se inclinó sobre la tierra y la observó atentamente. Una gotita de sangre seca se distinguía sobre uno de los escalones.

Una luz pareció iluminar su cerebro.

—¿Habrá caído esta sangre de la espalda desgarrada del faquir? —se preguntó—. Me parece que resultaría interesante averiguar quiénes vinieron a representar frente al bungalow... Porque esta huella cuadrada y esta otra circular indican que alguien depositó una canasta y un tambor sobre el suelo... esta mañana no se veían, por lo que debe tener un significado preciso.

Volviendo sobre sus pasos, golpeó por segunda vez la puerta del bungalow.

—Quería que me dieras otra información... —dijo Bandhara, bendiciendo con la diestra al hindú—. ¿Cuándo partió el cazador inglés?

—Al promediar la tarde, sahib.

—¿Ha venido alguien a buscarlo durante el día?

—Nadie, sahib.

—Sin embargo he descubierto numerosas trazas dejadas por personas distintas... precisamente frente al bungalow.

—Deben de ser de unos juglares que vinieron para hacer el truco del canasto, sahib —contestó respetuosamente el mayordomo.

Bandhara tenía suficientes respuestas. Fingiendo no dar ninguna importancia a aquel hecho, bendijo por segunda vez al mayordomo y se alejó con el aire majestuoso y digno de un brahmán.

—Quisiera saber quiénes son esos juglares —se decía para sí mismo—. Esta mancha de sangre resulta sospechosa, a menos que uno de ellos se haya lastimado con su puñal al realizar el juego... Sea lo que sea, no pienso dejar estas huellas hasta que haya aclarado el asunto de una vez.

Una vez descubierta la pista, Bandhara estaba seguro de no perderla ni siquiera al atravesar las polvorientas calles de una ciudad recorrida por millares de personas.

Recorridos quince pasos, su aguda mirada había descubierto otra gota de sangre, mayor que la primera, que acababa de secarse. Luego, metros más adelante, una tercera.

Continuó avanzando lentamente, con las miradas fijas en el suelo, hasta llegar cerca del bazar. Allí, en aquel sitio cubierto por millares de pisadas, las huellas se confundían hasta el extremo de confundir al más hábil polizonte.

En vano Bandhara se dirigió a derecha e izquierda, revolviendo el polvo con la mirada; las manchas de sangre habían desaparecido.

—Otra partida que hemos perdido —se dijo malhumorado—. Sin embargo, tengo la certeza de que ese maldito faquir no ha abandonado Pannah.

Se volvió hacia el muchachito, que le había seguido sin formular preguntas de ninguna especie.

—¿Habrá mañana alguna ceremonia religiosa? —le inquirió.

—Sí, sahib —contestó el chico—. Se realizará el baño sagrado en la piscina construida especialmente por el rajá y llena de agua del Ganges.

—Tú me guiarás, pues debo realizar también yo mis abluciones. Ahora vayamos al albergue.

Estaban a punto de atravesar el bazar, cuando les llamó la atención un rugido ensordecedor que resonaba en un ángulo de la inmensa plaza.

—¿Festejos nocturnos? —inquirió Bandhara al muchachito.

—Son los encantadores de serpientes que realizan su fiesta —contestó el aludido.

—Vamos a verlos, después tendremos tiempo de dormir —exclamó el falso brahmán, agregando para sí—: El faquir también es encantador de serpientes, y posiblemente forma parte de esa comitiva...

La procesión avanzaba lentamente, precedida por dos hombres vestidos con toda aparatosidad, que llevaban con esfuerzo un enorme tambor, adornado con plumas de pavo real.

Seguían unos cuarenta músicos que hacían un ruido ensordecedor.

Detrás marchaban cuatro o cinco docenas de encantadores de serpientes semidesnudos que manejaban impunemente terribles cobras, víboras gulabi y otros reptiles no menos peligrosos.

Seguían después numerosos hindúes que llevaban recipientes llenos de leche para ofrecer a los ofidios, mientras que de las casas vecinas salían numerosas personas con cuencos y recipientes de toda clase para dar de beber a las víboras.

Una vez llegado a la plaza, el cortejo con antorchas formó un inmenso círculo, encerrando en medio a los encantadores y sus serpientes.

Depositadas las canastas y vasos en tierra, tras algunas plegarias elevadas al dios Krisna, dejaron en libertad a los reptiles, que se precipitaron ávidamente hacia los recipientes llenos de leche.

La escena era extraña y salvaje. Todos esos reptiles que se enroscaban silbando y se mordían para disputarse los vasos y cuencos de leche, y aquellos encantadores semidesnudos, con sus largas barbas y turbantes rojizos bajo los reflejos de las antorchas, formaban un cuadro inolvidable.

Los músicos, dispuestos en círculo, redoblaban el estrépito, sofocando las invocaciones de los encantadores y los silbidos furiosos de las víboras.

Bandhara, que otras veces asistiera a semejantes espectáculos, no se preocupaba de aquella fiesta, sino que prestaba atención a sus actores, con la esperanza de descubrir al faquir entre los encantadores de serpientes.

Repentinamente, una exclamación escapó de sus labios. En medio de los encantadores había descubierto un hombre que en lugar de estar desnudo como sus compañeros, tenía la espalda cubierta con un amplio doot de algodón amarillo.

Llevando siempre al chico de la mano, dio vuelta en torno a la plaza para acercarse a aquel hombre, que le resultaba vagamente parecido al faquir. Cuando llegó a un punto donde le resultó más fácil estudiar al hombre, dejó escapar una exclamación de alegría:

—¡Es él! —exclamó—. No lo dejaré más, aunque deba recorrer toda la India.

El faquir se había vuelto a transfigurar, pintándose una larga barba. Sin embargo, no había escapado a la perspicaz mirada de Bandhara.

—Por fin sabremos quién es este individuo y por qué nos ha seguido tan obstinadamente... —se dijo el cornac.

Resuelto a seguirlo hasta el fin del mundo, no lo perdía de vista un solo instante. Al llegar el cortejo a otra plaza, sus miembros comenzaron a separarse. Los primeros en dejarlo fueron él y un hindú de gigantesca estatura que llevaba una cesta que debía contener serpientes.

Los dos hombres se habían ocultado en una estrecha calle lateral, que pasaba entre miserables cabañas adosadas una a la otra. Acababan de dar unos pocos pasos, cuando Bandhara, que les había seguido, vio que el faquir se tambaleaba, para caer luego entre los brazos de su compañero.

—Resistió demasiado —murmuró el cornac—. No era posible que prosiguiera aún ahora con las terribles heridas que tiene en la espalda... ¡Demonio de hombre! Debe ser de acero...

No queriendo hacerse ver, el falso brahmán se introdujo en el umbral de una casucha, ocultando al muchachito tras sus espaldas.

El gigante se había colgado la cesta del hombro y luego alzando al faquir que parecía haber perdido el conocimiento, continuó caminando con pasos rápidos. Luego Bandhara lo vio detenerse frente a una casucha de mezquina apariencia. La puerta se abrió súbitamente y el gigantesco individuo entró en la vivienda.

—Esa es su guarida —dijo para sí Bandhara, con acento satisfecho—. No he perdido mi tiempo...

Volviéndose hacia Sadras que comenzaba a dormirse, le preguntó:

102

—¿Sabes quién habita en esa casucha?

—No, sahib.

—Puedes averiguarlo para mañana..., tú eres inteligente y astuto... Procederás con prudencia, pues no quiero que sus habitantes sospechen que alguien tiene interés en ocuparse de ellos...

—Seré astuto como una cobra...

Regresaron sin hablar a la plaza del bazar y entraron en un albergue de buen aspecto. Bandhara se hizo servir una suculenta cena y luego tomó una habitación, donde se retiró a dormir.

Cuando despertó, poco antes del alba, Sadras no estaba acostado en el camastro que le asignaran la noche anterior.

—Ese chico es obediente y listo —dijo el cornac—. Estoy seguro que pronto tendré novedades.

Dicho esto se encaminó al bungalow, pese a que no creía encontrar a los cazadores. Había recorrido apenas cincuenta metros, cuando vio aparecer, jadeante y transpirado, al muchacho.

—¡Sahib! —gritó—. ¡Esos hombres se han marchado... la casa está desierta!

Bandhara se sobresaltó y exclamó:

—¿No pertenecía a los dos encantadores aquella cabaña?

—No. La habían alquilado por dos días. Además, no eran encantadores de serpientes... Eran juglares, tenían también compañeros que les ayudaban...

—¿Cuántos?

—Cuatro hombres y un muchacho.

—Juglares —murmuró Bandhara—. Encantadores... faquires... santones... ¿Quiénes son y por qué demonios nos han seguido? ¿Serán espías de Parvati, el primer ministro del gicowar de Baroda? Es necesario volver a encontrar a ese hombre. Vamos a la piscina del agua sagrada... tal vez esté allí.

Hizo dar de comer al valiente muchacho, y luego, envuelto en sus majestuosas ropas, se puso en camino precedido por su joven guía.

CAPÍTULO 15

Cuando Bandhara y el muchachito llegaron, la multitud ya había invadido las vecindades de la vasta piscina. El rajá la había hecho construir totalmente en piedra, con grandes graderías en derredor, semejante a las escalinatas que bajan desde las pagodas hasta las aguas del Ganges.

Hombres, mujeres y niños acudían desde todas partes, llevando cestas que contenían frutas o vasos con leche para ofrecer a la divinidad.

Las escalinatas habían sido prácticamente tomadas por asalto, ante todo por sacerdotes brahmanes.

Tras la oferta del agua, la leche y las flores al sol naciente, la turba había comenzado a juguetear como una bandada de ánades. En las márgenes de la amplia piscina se habían instalado músicos que hacían percutir sus tamboriles y soplaban las flautas de caña.

Más allá de las graderías, bajo los árboles, donde se instalaran vendedores de frutas y golosinas, el estrépito era ensordecedor. Bandas de juglares se disputaban el favor del público con sus contorsiones y la fiesta continuaba cada vez con mayor entusiasmo.

Bandhara y el muchachito, que habían hecho también su baño, se pusieron a vagar por los bordes de la piscina, buscando al faquir con la mirada.

Naturalmente no era cosa fácil encontrar a un hombre en medio de tanta gente, pero el cornac no desesperaba de hallarlo y proseguía infatigablemente su búsqueda.

La mañana había transcurrido y los bañistas estaban por abandonar la piscina, cuando el chico golpeó vivamente a Bandhara.

—Mira a ese hombre, el que está con un juglar...

Bandhara miró en la dirección indicada, y una expresión de sorpresa y alegría al mismo tiempo, apareció en su rostro.

—¿Es el gigante que acompañaba al encantador de serpientes, verdad?

—Sí, sahib. Es el hombre que lo llevó a la cabaña de los suburbios.

El gigante, tomando bajo el brazo un gran canasto, se dirigió hacia una tienda cerca de la que varios juglares ejecutaban el juego de la cesta.

Bandhara lo siguió adoptando el aire de un brahmán que busca el sitio oportuno para realizar sus ritos matutinos.

Habiendo advertido en las cercanías de la tienda un colosal ruth que proyectaba una gran sombra, el falso brahmán se sentó en el suelo fingiendo musitar sus plegarias, pero en realidad aguzaba sus oídos para no perder palabra de lo que hablaban aquellos hombres.

Para no despertar sospechas, hizo señas a Sadras de permanecer en las proximidades de un pequeño bananero, a algunos pasos de distancia.

La conversación de los dos juglares debía haber comenzado minutos atrás.

—Es inútil —decía el gigante a su compañero—. Estamos perdiendo el tiempo. Ese hombre debe haberse reunido con su patrón.

Bandhara había alzado la cabeza. Su instinto le decía que algo serio estaban tratando. El compañero del gigante, tras algunos minutos de silencio, contestó:

—También yo lo creo.

—Y, sin embargo, no entró en el bungalow del rajá...

—¿Lo viste alguna vez, Barwani?

—No —contestó el gigante—. De haberlo visto una sola vez, no lo habría olvidado nunca...

—¿El único que lo conoce es Sitama?

—Así es.

—¿Se encuentra aquí Sitama?

—Ha querido poner a prueba su pellejo pero comprenderá que después de semejante suplicio, hasta un rinoceronte se resentiría... Empero, pese a sus horribles heridas, ha querido realizar frente a los cazadores el juego de la cesta...

Por segunda vez Bandhara había alzado la cabeza. Ahora comprendía.

—Hablan de Indri y del cazador blanco..., ese Sitama debe ser el faquir.

Barwani, el gigante, había reiniciado el diálogo.

—Tengo una duda...

—¿Cuál?

—Que continúen sospechando de Sitama pese a que confirmó su condición de faquir dejándose colgar... Ese cazador blanco debe ser tan astuto como cualquiera de nosotros...

—¿Y el favorito del gicowar?

—Vale tanto uno como el otro —contestó Barwani.

—¿Y tú supones que han enviado a su criado tras las huellas de Sitama?

—El propio Sitama lo cree así.

—¿Por qué? ¡Un simple cornac! —la voz del juglar estaba cargada de desprecio—. No es hombre capaz de competir con nosotros.

—¿Qué resuelves hacer? —inquirió por fin el juglar.

—Abandonaremos por ahora nuestra búsqueda y volveremos juntos a Sitama.

—¿Dónde está ahora?

—En la vieja pagoda de Visnú.

—¿Se ha mudado entonces?

—Sí, no osaba permanecer por más tiempo en la ciudad...

—¿Tenía sospechas de algo?

—Hace unas tres horas un chico fue a averiguar quién vivía en nuestra casucha...

—¿Un chico?

—Sí, y nosotros ya nos habíamos ido, por fortuna...

—¿Quién puede haberlo enviado, Barwani?

—Lo ignoramos.

—¿Seria un espía del cornac?

—Lo duda... Ahora me voy. Esta noche habrá reunión en la pagoda..., conducirás a todos.

—¿Vuelves junto a Sitama?

—Es necesario. Esta mañana tenía fiebre...

—¿Qué debo hacer?

—Trata de descubrir al cornac...

—La descripción que me hizo Sitama no basta.

—Puedes ir al bungalow para averiguar si ha regresado o si se reunió con su patrón en las minas... Hasta esta noche...

Bandhara se había incorporado prontamente para no hacerse descubrir, pese a que estaba seguro de no ser reconocido por aquellos hombres que nunca lo habían visto con anterioridad. Envolviéndose en su gran doote, pasó junto al chico diciéndole rápidamente:

—¡A la vieja pagoda de Visnú!

Sadras hizo un gesto afirmativo con la cabeza.

Dando vuelta en torno a la tienda, esperó a que el gigante siguiera de largo, y luego comenzó a seguirlo, manteniéndose a cuarenta o cincuenta pasos de distancia.

Si su suposición era cierta, seguir a Barwani no era algo fácil, pensó Bandhara. El bribón, que estaba en guardia, podía advertir que alguien iba tras él.

Pensaba la forma de seguir la caza sin alarmar al gigante, cuando en una esquina tropezó con un dhummi. Se trataba de un macizo vehículo con dos ruedas y una caja cuadrada, muy empleados para viajar por el campo.

—¿Estás libre? —le preguntó Bandhara acercándose rápidamente.

—Sí, sahib.

—Te doy una rupia si me llevas a la vieja pagoda.

—¿Cuál, sahib? Hay varias en las afueras de la ciudad.

—¿Ves aquel hombre que tiene un turbante rojo y amarillo? Síguelo y me llevarás a la vieja pagoda que deseo visitar.

—Serás obedecido, sahib —contestó el conductor, a quien le parecía increíble poderse ganar una rupia.

Bandhara saltó ágilmente al interior del carromato, y el conductor retorció cruelmente la cola de los dos animales que tiraban del mismo, para obligarles a ponerse en marcha.

El cornac estaba seguro de que Barwani pensaba salir de la ciudad, pues el gigante había ya llegado a los bastiones de la ciudad y no mostraba intención de cambiar de rumbo.

—He tenido una excelente idea —murmuró el falso brahmán—. Este vehículo no puede alarmar a ese bribón, pues en el campo abundan mucho...

Barawani alcanzó por fin una de las salidas que conducía a través de la muralla. Atravesó un amplio foso por encima de un puente de madera y luego se introdujo en un campo cultivado.

—Sahib —dijo el conductor, dirigiéndose hacia Bandhara—. Tu amigo debe encaminarse hacia la vieja pagoda dedicada otrora a Visnú...

—¿Está muy lejos? —inquirió el cornac.

—Llegaremos dentro de media hora.

—¿La conoces? ¿Está habitada?

—No. Hace mucho tiempo que sus paredes están en ruinas.

—¿Es muy, vasta?

—Inmensa, sahib.

—¿Se eleva en los terrenos diamantíferos?

—Sí, sahib. Pero no en los que son frecuentados por el terrible Devorador de Hombres. Es el único sitio donde todavía se continúa trabajando en la extracción de diamantes.

Sacando la cabeza fuera del carricoche, vio a Barwani cruzando los campos con mayor velocidad, volviéndose frecuentemente hacia atrás.

El vehículo también avanzaba rápidamente.

Los terrenos cultivados cedían paso a tierras diamantíferas, llenas de excavaciones abandonadas. Aquí y allá se descubrían grupos de cabañas y cobertizos vastísimos donde se veía mover a muchísimas personas, mientras nubes de polvo se alzaban de los pozos recién abiertos. Era el campo minero en plena tarea.

—Sahib —dijo el conductor—. La pagoda no está muy lejos... se encuentra del otro lado del bosquecillo, pero mi carreta no podrá llegar pues el terreno está demasiado revuelto y accidentado.

—Puedes regresar a la ciudad —contestóle Bandhara poniéndole en la mano la rupia prometida—. Ya no te necesito más.

De un salto bajó, y tras esperar que el carretón se alejara, se introdujo en el bosquecillo ocultándose tras los montones de tierra y macizos de vegetación para evitar que Barwani lo descubriera.

El gigante desapareció entre los árboles; empero el cornac no se preocupó. Sabía adonde se debía dirigir y eso era lo importante.

Fácilmente se descubrían las pisadas dejadas en el húmedo terreno por el gigante y las seguía con toda certeza de no desviarse.

Tras diez minutos, llegó frente a una pequeña llanura, en el centro de la que se alzaba frente a un laguito artificial, una inmensa pagoda que estaba parcialmente en ruinas.

El edificio tenía la forma de una pirámide y alcanzaba los cuarenta metros de altura, terminando en una serie de cúpulas de mármol blanco y pórfido oscuro semejante al bronce.

Monstruosas columnatas lo rodeaban, ricas en esculturas que representaban los genios de la mitología hindú, elefantes y demonios, sosteniendo capiteles aún más monstruosos, cargados también de estatuas y de animales que en su mayor parte representaban vacas de diversas edades, bestias sagradas para los indostánicos.

Montañas de escombros rodeaban a la pagoda, producidos seguramente por la caída de alguna enorme muralla que en otros tiempos debía ceñir el edificio; empero las paredes, si bien representaban algunas pequeñas rajaduras, parecían estar en óptimo estado.

Bandhara, oculto tras el tronco de un gran árbol, permaneció algunos minutos en observación, y luego, satisfecho por su examen, volvió a entrar al bosque.

Avanzaba con infinitas precauciones, pues no estaba muy seguro de que el bosque estuviera desierto, y se detuvo en el margen opuesto al de la pagoda.

Hacía algunos minutos que esperaba, cuando vio llegar una forma pequeña que se acercaba a él, procurando no llamar demasiado la atención.

—Es Sadras —se dijo Bandhara—. Este chico es astuto, y me prestará óptimos servicios.

El muchachito también lo había visto y se acercaba más rápidamente, pero tratando siempre de no hacerse muy evidente.

—¿Sabías, pues, dónde estaba la pagoda? —le preguntó Bandhara.

—Sí, porque el año pasado tomé parte en la fiesta de Holica, el demonio femenino.

—¿Conoces su disposición interior?

—Un poco.

—¿No hay sacerdotes?

—No, sahib.

—¿Has sabido que hay un Devorador de Hombres en la zona, verdad?

—¿El que mataba a los mineros del rajá?

—Sí, Sadras. ¿Conoces los terrenos frecuentados por él?

—Las minas occidentales.

—Ayer mis amigos fueron a cazarlo...

—¡Son gente de valor!

—Uno es inglés, y los otros dos, hindúes... Si yo te ordenara que los fueras a buscar... ¿Lo harías?

El chiquillo dudó unos instantes.

—¿No me devorará el bâg? —inquirió luego.

—Mis amigos deben haberlo matado, pues son los cazadores más famosos que hay en toda la India...

—Entonces les buscaré sin atemorizarme.

—Escúchame bien... Yo entraré esta noche en la pagoda porque deseo descubrir un misterio que es inútil que te revele por ahora. Tú me esperarás aquí durante dos horas, y si no me ves

112

aparecer, volverás a Pannah, buscarás un caballo y te dirigirás a entregar a mis amigos una notita que ahora mismo te daré... Si no regreso, querrá decir que me habrán asesinado.

—¡Sahib! —exclamó el muchachito en el colmo del terror—. ¿Por qué dices eso?

En vez de contestar, el cornac sacó una libreta de un bolsillo interior, arrancó una hoja, escribió algunas líneas y entregó el mensaje al chico junto con veinte rupias.

—Ese dinero te bastará para alquilar un caballo y realizar los gastos necesarios. El mensaje lo pondrás en manos del hombre blanco que se llama Toby Randall. ¿Comprendido?

—Sí, sahib, te juro que así lo haré.

Bandhara y el muchachito abandonaron el bosque, introduciéndose en aquellos terrenos surcados de pozos y excavaciones que habían sido llenados tan solo en parte.

La mina en sí, consistía en una serie de pozos profundos a los que se bajaba por medio de planos inclinados, custodiados también por guardianes, y completados con algunos cobertizos donde se lavaban las piedras y la tierra para extraer los diamantes que iban mezclados con los detritos.

La mezcolanza, compuesta de tierra, cuarzo y ganga, que contenía en su seno diamantes riquísimos, era lavada y desintegrada en sus elementos constitutivos mediante un sistema de morteros de piedra. Luego el residuo era extendido sobre las vastas mesas de piedra donde se lo examinaba diligentemente y luego de retiradas las gemas que pudieran encontrarse, era tirado donde no molestara.

Los diamantes se entregaban de inmediato a los capataces de cada sección, que los guardaban en cajitas de hierro.

Bandhara, siempre acompañado por un amable guardián que vigilaba atentamente y con cierto disimulo todos sus movimientos, procurando mantenerlo alejado en lo posible de los trabajadores, ocupó toda su jornada procurando aguardar hasta la noche para volver a la pagoda.

Alrededor de la hora en que debía ponerse el sol, se alejó seguido por Sadras y se introdujo en la selva.

—Vamos —dijo al chico—. Ha llegado el momento de actuar...

Estaba por ponerse en camino, cuando oyó en lontananza un resonar de catube y tamboriles.

—¿Una procesión? —preguntó al chico.

—Vienen a estropear mis proyectos... —murmuró Bandhara frunciendo el ceño—. ¿A menos que sean precisamente mis amigos, que procuran disimular? Ven, Sadras; les esperaremos en el bosque y allí resolveremos lo que conviene hacer...

—¿Si entran en la pagoda deberé seguirlos? —quiso saber el muchachito.

—No. Me esperarás aquí hasta la medianoche, y si no me ves reaparecer, harás lo que te he ordenado...

CAPÍTULO 16

La procesión que avanzaba hacia la pagoda estaba compuesta por un centenar de personas, precedidas por una docena de músicos y un grupo de bayaderas que bailaban con extraordinaria agilidad.

Hombres y mujeres aullaban a pleno pulmón, cantando himnos a la espantosa Holica, mientras los músicos golpeaban con fuerza endemoniada sus tamboriles, gangs y tam-tam, soplando con toda la potencia de sus pulmones los catube.

Bandhara, oculto entre la más espesa vegetación del bosque, dejó que aquella procesión de exaltados pasara delante suyo y luego comenzó a seguirla a cien metros de distancia, listo para aprovechar la menor oportunidad que se le presentara para incorporarse a la misma.

En su fuero interno, el cornac estaba convencido de que aquellos individuos eran compañeros del faquir, y para ocultar mejor su reunión y alejar cualquier sospecha, habían organizado esa fiesta en honor de la divinidad infernal.

Bandhara, tras haber dado al niño sus últimas instrucciones, se confundió entre aquella multitud sin que nadie pareciera sospechar su verdadera identidad. Para mejor disimular, el cornac se puso a aullar y saltar como los otros.

Al mismo tiempo, miraba atentamente en derredor procurando divisar algún rostro conocido; repentinamente se estremeció: acababa de ver al compañero del gigante saltar junto a una bayadera cargada de anillos y collares de oro.

—Estaba seguro de no engañarme —se dijo—. Toda esa gente es amiga de aquel condenado faquir...

Como no era el único que vestía ropas de brahmán, por el momento no llamó la atención de los adoradores de Holica. Empero el cornac no se dejó engañar por aquella aparente tranquilidad y se mantuvo en guardia, presto a dejar la alegre compañía al primer indicio peligroso.

Debía de haber llegado la medianoche cuando los fuegos fueron apagados repentinamente por algunos hombres que salieron de la pagoda.

Más de la mitad de los concurrentes yacían dormidos por tierra.

—¿Qué estará por acaecer? —se preguntó el cornac—. Aprovechemos la oscuridad para introducirnos en el templo, antes que descubran mi presencia...

Subió cautelosamente los escalones y apenas hubo cruzado la enorme puerta hacia la derecha, tocó la pared con la mano y avanzó silenciosamente hasta llegar a un nuevo umbral, en el que se introdujo.

Alargando los brazos, tocó dos columnas contorsionadas, tal vez las trompas de dos elefantes de piedra.

—¿Servirán para ocultarme? —se preguntó lleno de inquietud—. Si me descubren, dudo que me dejen con vida..., de cualquier manera, estoy bien armado, y me defenderé.

Hacía ya un cuarto de hora que estaba allí oculto, cuando vio entrar a unos treinta hombres acompañados por otros cuatro que llevaban antorchas con que iluminar el camino.

La pesada puerta de bronce del templo fue cerrada, y luego aquellos hombres, que eran los juglares y encantadores de serpientes, se sentaron en el centro de la pagoda formando un amplio círculo.

Bandhara arrojó una rápida mirada en derredor. El templo era inmenso. En su centro se veía a Siva a caballo del buey Nandi, y en derredor había pilastras y columnatas, adornadas con cabezas de elefantes.

Como había esculturas de mármol negro, Bandhara, que se había desembarazado de su doote para estar más cómodo y poder actuar con mayor libertad de movimiento, se confundía más fácilmente entre las sombras por el color bronceado oscuro de su piel.

Acababan de sentarse los juglares y encantadores de serpientes, cuando de un corredor lateral Bandhara vio aparecer al gigante Barwani que llevaba una antorcha en la diestra.

—¡El faquir! —exclamó el cornac—. No me había engañado... Efectivamente, era Sitama.

El jefe de los dacoitas se sentó en medio de los presentes, miró atentamente a todos, y después preguntó:

—¿No falta ninguno?

—No.

—¿Y los que os acompañaban?

—Los embriagamos con bang y duermen profundamente —explicó un encantador—. Ninguno despertará hasta mañana.

—¿Quiere decir que no corremos peligro de ser traicionados? Bien. Entonces hablemos de nuestros intereses. ¿Quién siguió al cazador blanco y sus compañeros?

—Yo —exclamó un joven juglar, incorporándose.

—¿Mataron ya al Devorador de Hombres? —inquirió Sitama.

—Sí, al primero.

—¿Cómo al primero?

—Eran dos. Yo asistí a la cacería manteniéndome oculto en la copa de un tamarindo, y pude verificar que eran dos bâg y no uno solo como creíamos.

—¿Mataron también al segundo?

—No, pero cuando volví estaban preparándose para hacerlo.

—¿Y el cornac?

—No lo he visto.

—Me dijeron que ese hombre es el brazo derecho del ex favorito del gicowar. Su misteriosa desaparición me tiene inquieto... Debe estar sobre mis pasos. ¿Nadie lo ha visto?

—No.

—Ese hombre puede estropearnos el negocio y hacernos perder la Montaña de Luz...

Oyendo hablar del famoso diamante, Bandhara hizo un gesto de estupor. ¿Cómo podían haber sabido aquellos bribones el verdadero motivo del viaje de Indri y sus amigos? ¿Quién podía haber sido el traidor? Si el secreto era revelado, Indri, Toby y Dhundia correrían grave peligro, porque si el rajá llegaba a sospechar aunque fuera remotamente, algo al respecto, no perdonaría a nadie.

Ante aquel pensamiento, Bandhara se sintió dominado por el temor. Indri, su generoso amo, estaba en peligro. Era necesario salvarlo, costara lo que costara.

Dejó su escondrijo y manteniéndose pegado a la pared, contando confundirse con su coloración oscura, se encaminó hacia el corredor de donde viera salir a Sitama y el gigante.

Había desenfundado el revólver y el puñal, y siendo tan ágil como una serpiente y al mismo tiempo robusto y resistente, contaba con defenderse en el caso problemático de ser descubierto antes de conseguir hallar una nueva salida.

Avanzando siempre con toda lentitud, con sus sentidos atentos, había alcanzado casi la larga galería, cuando su sombra se proyectó sobre una pared de mármol blanco.

Alargada desmesuradamente por las luces de las antorchas, su sombra fue notada de inmediato por uno de los hombres que formaban círculo en el centro de la pagoda.

Bandhara, advirtiéndolo demasiado tarde, se arrojó al suelo, pero un grito resonó en el templo:

—¡Allí! ¡Hay alguien!

Juglares y encantadores se incorporaron de un salto, como un solo hombre.

Bandhara, viéndose descubierto, se había lanzado hacia el corredor, yendo a golpear la cabeza contra una puerta de bronce que no alcanzara a vislumbrar a causa de las penumbras que llenaban aquella parte de la pagoda. Con un esfuerzo supremo trató de abrirla, pero la puerta resistió.

—¡Me han atrapado! —murmuró—. ¡Pobre patrón mío!

Casi todos cayeron sobre el cornac como una jauría de mastines enfurecidos. En sus manos brillaban puñales y dagas.

Bandhara se apoyó contra la pared para no ser atrapado por la espalda y apuntando con el revólver, gritó:

—¡Quien me toque es hombre muerto!

El gigantesco Barwani con un gesto detuvo a sus compañeros.

—¿Quién eres? —le preguntó.

—Un hombre que quiere salir de aquí...

—¿Cómo entraste en la pagoda?

—No lo sé; seguí la procesión que venía para honrar a Holica, bebí el bang con los demás y desperté en el interior del templo...

—¿Por qué estas armado? Para traer ofrendas a la divinidad infernal no es necesario llevar revólver... ¿Eres un brahmán?

—¿Qué te indican mis ropas?

—¿Qué oíste de todo cuanto hablamos aquí dentro?

—Nada. Estaba dormido y recién acabo de despertar.

Barwani se volvió hacia el faquir que acababa de reunírsele y mirando a Bandhara y le preguntó:

—¿Qué hacemos con este hombre, Sitama?

El faquir no contestó; sus ojos seguían clavados en el falso brahmán, que comprendió el motivo de aquella inspección.

—¡Es el cornac de los cazadores! —exclamó repentinamente Sitama, rompiendo su silencio—. ¡Ha caído en la trampa! Apoderaos de ese hombre.

—¡Ya que me has reconocido, sea para ti mi primera bala! —gritó Bandhara, apretando el disparador del revólver.

Empero no fue el faquir quien cayó, sino un juglar, que se arrojó frente a su jefe sirviéndole de escudo con su pecho.

—¡A él! —gritó Barwani, aferrando una tea metálica.

Todos avanzaron hacia Bandhara, empuñando sus puñales.

—¡Quiero tenerlo con vida! —ordenó el faquir.

Aquella advertencia llegó a tiempo, pues los bandidos enfurecidos querían despedazar al cornac.

A su vez, este no se había detenido, disparando hasta la última bala contra aquella masa de hombres que gritaban coléricos.

Una vez que quemó los seis cartuchos, el cornac descargó su arma contra el rostro del enemigo, y empuñando el puñal con la diestra se arrojó ferozmente contra aquellos cincuenta hombres, tratando de abrirse paso con su fulminante carga.

Por desgracia para el valiente, Barwani espiaba todos sus movimientos, y al sentirle pasar cerca estiró una de sus gigantescas manos y lo derribó. De inmediato, diez hombres saltaron sobre el caído, ligándolo estrechamente.

—Eres nuestro prisionero —le dijo Sitama con acento triunfal.

—Mátame entonces...

—No soy tan tonto..., tú puedes revelarnos cosas muy interesantes que posiblemente ignoramos.

—¿Sobre la Montaña de Luz,. verdad?

Oyendo aquellas palabras, dichas con irónico acento, Sitama arrancó su puñal a uno de los encantadores de serpientes, y lo alzó sobre el cornac.

—¡Ah! —gritó—. Sabes demasiado..., acabas de firmar tu sentencia de muerte.

—Cúmplela.

—Una puñalada sería demasiado dulce para ti —contestó el faquir tranquilizándose y devolviendo el arma a su dueño—. Amarrad bien a este hombre y encerradlo en una de las celdas de la pagoda. El hambre y la sed harán justicia a los compañeros que mató...

El gigantesco Barwani aferró al desdichado cornac, lo alzó como si hubiera sido una bolsa, abrió la puerta de bronce apretando un botón disimulado en la pared, y desapareció con su carga humana en las sombras del siniestro corredor.

CAPÍTULO 17

Sadras, fiel a su palabra, no abandonó la espesura donde se refugiara.

Desde aquel escondrijo siguió atentamente las diversas fases de la fiesta nocturna, viendo como Bandhara se mezclaba con los bebedores de bang y las bailarinas.

Luego, con una sensación de angustia —pues comenzaba a querer a su nuevo patrón—, lo vio entrar en la pagoda en el momento en que extinguían los fuegos.

—¡Va a perderse! —exclamó para sí mismo.

Una curiosidad irresistible le empujaba en dirección a la pagoda. Quería saber qué estaba por acaecer allí dentro, para calcular si su amo se arriesgaba a algo grave.

Llegado junto a una ventana que se abría a siete metros del suelo, se detuvo para mirarla.

La luz de las antorchas se reflejaba contra los vidrios de colores, haciéndolos brillar intensamente.

Escalar aquellas paredes no era difícil, pues estaban adornadas con columnas, estatuas, figuras en relieve de la fecunda mitología hindú y multitud de elefantes con las trompas entrelazadas.

Sadras era ágil como un mono y estaba dotado de una fuerza poco común en un niño de su edad.

Aferrándose a la trompa de un elefante comenzó a trepar animosamente apoyando sus pies desnudos sobre las rajaduras de la pared.

Superada fácilmente la estatua, el chico se aguantó del margen de un capitel hasta alcanzar la ventana, a la que faltaban numerosos vidrios.

Fue en aquel preciso instante cuando Bandhara hizo su primer disparo.

Con el corazón oprimido por la angustia, el chico asistió a la terrible lucha que se libraba en el interior de la pagoda, oyendo perfectamente las últimas palabras pronunciadas por el faquir.

Aterrorizado, Sadras abandonó su sitio de atalaya, se dejó resbalar por las estatuas y llegó al suelo.

En su mente había un solo pensamiento: correr en busca de los cazadores y advertirles de lo ocurrido.

Aquel era el único medio de salvar a Bandhara.

A toda carrera atravesó el bosque, luego los yacimientos diamantíferos y, por fin, llegó a una granja que estaba a poca distancia de la ciudad donde trabajara en la cosecha de algodón durante varios meses.

—Mi nuevo patrón necesita un caballo por veinticuatro horas —dijo al criado que le abrió ante sus insistentes golpes—. Te daré diez rupias por el alquiler...

La cifra era demasiado elevada para dejarla escapar. El criado, conociendo a Sadras, no dudó un solo instante en buscar el animal.

El chico no sabía dónde podía hallarse el campamento de los cazadores, pero estaba seguro de hallarlo.

Había atravesado ya las colinas, cuando en el límite de un bosque divisó algunas hogueras encendidas.

—¿Será el campamento de los cazadores? —se preguntó, deteniendo a su montura para hacerla descansar—. No puede ser otro, pues nadie acampa en estos parajes por temor a las fieras...

Mirando más atentamente, descubrió cerca del fuego un carromato de colosales dimensiones y algunas sombras humanas.

123

De inmediato, azuzó nuevamente a su cabalgadura y se dirigió hacia allí al galope.

Distaba algunos centenares de pasos de las hogueras cuando apareció ante ellas un hombre, que gritó:

—¿Quién vive?

—Un amigo del cazador blanco —contestó el chico sin sofrenar su caballo hasta estar en pleno campamento.

El sikari de guardia apuntaba con la carabina.

Viendo que se trataba de un niño, no pudo contener un gesto de estupor.

—¿Quién te envía, muchacho? —le preguntó.

—Un amigo del gran cazador.

—¿No temiste pasar a través de estas tierras desoladas? Aquí cazan los Devoradores de Hombres

—No tengo miedo. ¿Dónde está el cazador blanco? Traigo un mensaje para él.

—Aún no ha regresado...

—Necesito verlo inmediatamente.

—En tal caso, podemos hacer señales. Si descargamos nuestras carabinas nos escucharán y vendrán enseguida para saber qué ocurre...

—Hacedlo rápido —les suplicó Sadras—. El cazador blanco os recompensará, porque es gran amigo de la persona que me envía, y lo que debo comunicarle es urgentísimo y no admite demoras de ninguna especie.

Los sikari descargaron sus carabinas al aire una y otra vez. Un momento después, en medio de la selva, resonaron uno tras otros, tres disparos.

—Deben haber comprendido que los estamos llamando —dijo el jefe de los batidores—. Repitamos nuestra señal.

Los cuatro hombres descargaron nuevamente sus armas, y de inmediato se escucharon las carabinas de los cazadores contestando en medio de la jungla.

—Ya vienen hacia acá —dijo el jefe de los batidores—. Sus tiros resuenan más cerca.

No habían transcurrido veinte minutos desde el último disparo, cuando aparecieron Toby, Indri y Dhundia, arrastrando el cuerpo del segundo tigre.

El jefe de los sikari se apresuró a informarles. Sadras había avanzado hacia el cazador, saludándolo con una profunda inclinación de cabeza.

—¿Quién te envía? —le preguntó Toby.

—Un sahib que me tomó a su servicio...

—¿Cómo se llama?

—Lo ignoro, pero tal vez el billete que traigo dice su nombre...

Sadras buscó en la faja que le ceñía los flancos y sacó un papel doblado en cuatro, que entregó a Toby, quien lo leyó apartándose de Dhundia.

Contenía pocas líneas, pero suficientes para alarmar al intrépido cazador:

Sahib:

Alguien nos ha traicionado hablando de nuestra empresa al faquir. Hay enemigos que velan y espían todos nuestros actos. He descubierto su escondrijo y voy a buscarlos. Si me matan, vengadme.

BANDHARA.

Con ojos fulgurantes miró en derredor.

Indri se ocupaba del tigre; en cambio Dhundia lo miraba atentamente, como si hubiera tratado de sorprender en el rostro del cazador los diversos estados de ánimo por que pasaba.

—Se diría que me está espiando —murmuró el inglés.

Doblando el papel, lo guardó en el bolsillo y se acercó a Indri, diciéndole:

—Es una notita que me envía un amigo mío. Me invita a irlo a buscar para una partida de caza...

—¿Dónde se encuentra? —inquirió Indri mirando fijamente al cazador y sonriendo.

—A seis kilómetros de aquí, en las minas de Kamarga... Como supo que yo estaba aquí, me pide que vaya a desembarazarlo de un rinoceronte que le estropea sus plantaciones.

—¿Irás?

—No puedo negarme. Tú me acompañarás...

—¿Y quién llevará las pieles al rajá?

—Dhundia puede hacerlo.

—¿No deseas que vaya contigo? —exclamó el aludido un poco molesto.

—Tu presencia en Pannah nos resultaría mucho más útil... necesitamos quien nos represente junto al rajá.

—¿Durará mucho vuestra ausencia?

—Faltaremos un par de días, no te preocupes...

En aquel momento Toby se sintió tirar de la manga de la chaqueta. Era Sadras.

—¿Qué quieres, muchacho? —le preguntó el cazador sin darle mayor importancia.

—Debo hablarte, sahib...

—Sé lo que quieres decirme —le interrumpió Toby—. ¿Quieres venir conmigo?

—Estoy a tus órdenes, sahib.

Hizo cargar sobre la jaca de Sadras municiones y víveres, y echándose la carabina en banderola, invitó a Indri a seguirlo.

Dhundia, tras haber recomendado a Indri que regresara presto, pues junto al rajá tenían asuntos más importantes que en las selvas del altiplano, se acomodó en los almohadones del ruth con la intención de dormir un buen rato.

Sadras, viendo que Toby se encaminaba hacia la selva en lugar de encaminarse hacia los terrenos diamantíferos, se le acercó, diciéndole:

—Sahib, tenemos que ir a una pagoda que está en la dirección opuesta...

—Por ahora limítate a seguirme...

—¿A qué pagoda aludes? —quiso saber Indri, que ya no comprendía nada—. ¿Tu amigo habita en un templo, Toby?

—Silencio, Indri —contestó el inglés—. Dentro de poco sabrás todo...

Caminaron sin hablar hasta llegar nuevamente al borde de la selva. Una vez allí, el cazador dijo a su amigo:

—Fíjate si el ruth se ha puesto en camino.

—Ya dejó el campamento y está atravesando los terrenos diamantíferos.

Toby Randall buscó un sitio reparado, pues el sol comenzaba a salir, miró en derredor para asegurarse que nadie podía descubrirlos, y luego entregó la carta de Bandhara a Indri.

Había echado una mirada a aquellas líneas, cuando de labios del ex favorito del gicowar escapó un grito, mientras su piel bronceada palidecía intensamente:

—¡Traicionados! —exclamó con voz sofocada—. ¡Estoy perdido! Si ya conocen el motivo de mi viaje, puedo considerar que todo está arruinado...

—No, Indri, puesto que presentaremos batalla a esos enemigos misteriosos y procuraremos derrotarlos. Escuchemos ahora lo que tiene que decirnos este muchacho, que tal vez posea informaciones de gran valor... ¿Dónde dejaste al hombre que te dio este mensaje para mí?

—En la pagoda abandonada, sahib. Desde una ventana asistí a la lucha, y no dejé aquel puesto hasta que mi amo cayó derrotado por la superioridad numérica...

—¿Bandhara capturado? —exclamaron Toby y su amigo al unísono.

—¿Ese es el nombre de mi patrón?

—Sí..., cuéntanos todo, porque aún ignoramos lo que le ha acaecido...

Cuando los dos hombres estuvieron al tanto de los acontecimientos de la noche anterior, exclamaron simultáneamente:

—¡Tenemos que salvarlo!

—Yo estoy dispuesto a guiaros hasta la pagoda... —dijo Sadras.

—¿Pero cómo podremos luchar contra tantos enemigos? —exclamó Indri—. Hiciste mal en arrojar a Dhundia de nuestro lado..., era un fusil más.

—Lo he alejado porque sospecho de él —le contestó el inglés—. Siento por instinto que en derredor nuestro ronda un traidor... No confío en él. ¿Y si estuviera de acuerdo con Parvati?

—Toby, creo que me abres los ojos...

—No tenemos ninguna prueba que confirme mis sospechas, pero prefiero tenerlo lejos de mí. Por eso inventé la historia del amigo que quería que fuera a visitarlo...

—Te agradezco, Toby. No solamente eres valiente, sino también estás dotado de un notable caudal de prudencia. Tú eres el hombre que necesitaba para llevar a cabo mi difícil empresa... ¿Pero, ahora qué hacemos? ¿Y si mis enemigos hubieran ya informado al rajá sobre nuestras intenciones?

—Ya estaríamos presos —le interrumpió el inglés con toda calma—. Si aún seguimos en libertad, significa que nadie ha osado hablar.

128

—Quisiera conocer los motivos que mueven a ese faquir contra mí...

—Tal vez Bandhara ya los conoce, y por esto debemos hacer lo posible por arrancarlo de su tumba.

—Cierto. Dejemos ahora en paz a la Montaña de Luz, y ocupemos nuestro tiempo en salvar a Bandhara; el diamante no escapará, pero tu desgraciado servidor puede morir de hambre y llevarse a la tumba los secretos que ha averiguado.

—Mientras no hayamos destruido a todos los que conocen nuestro secreto, no podremos dar el golpe que nos pondrá en posesión del diamante, porque la mínima delación nos arrastraría indefectiblemente a la muerte —agregó el inglés y se volvió hacia Sadras, que les había escuchado en silencio.

—¿Cómo te llamas? —le preguntó.

—Sadras, sahib.

—¿Has cobrado afecto a tu nuevo amo?

—Sí, porque es bueno y generoso.

—¿Conoces a los hombres que lo apresaron?

—A dos de ellos los reconocería entre un millar.

—¿Quiénes son?

—Uno es un encantador de serpientes de gigantesca estatura; es el mismo que derribó a mi patrón en la pagoda, llevándolo luego al subterráneo. Se llama Barwani.

—¿Y el otro?

—Es un juglar.

—Este chico es inteligente y podrá prestarnos importantes servicios —murmuró el inglés—. Volvamos a Pannah, Indri, busquemos disfraces que nos tornen imposibles de identificar, y luego... ¡Ah! Olvidaba a mis dos siervos... Deben estar en el bungalow del rajá. Se trata de hombres de valor y podrán prestarnos servicios incalculables...

—En el bungalow está Dhundia —observó el ex favorito del gicowar.

—Ese chico se encargará de advertirles que los necesitamos sin que Dhundia se entere...

Hicieron montar a Sadras para evitar que se fatigara demasiado, y luego se pusieron en marcha a través de los terrenos diamantíferos, avanzando rápidamente.

A mediodía entraron en la ciudad por el extremo opuesto, para evitar que alguno de los habitantes pudiera sentir curiosidad por su presencia.

—¿Conoces a algún vendedor de ropa? —preguntó Toby al chico.

—Sí, sahib —contestó este.

—Entonces, busquemos ante todo un alojamiento apropiado. No conviene que sea un sitio muy concurrido...

Sadras, comprendiendo sus intenciones, condujo a los dos hombres hasta uno de los suburbios de la ciudad, donde había numerosas cabañas de bambú con techo de hojas de cocotero.

Toby llamó al propietario y alquiló una que estaba aislada, en medio de un huerto cultivado.

Pagó el doble de la suma pedida y tomó posesión inmediatamente.

Media hora después, Sadras volvió con dos hindúes cargados de ropas de todos colores y tamaños.

Toby, que en su calidad de europeo gustaba mostrarse generoso, compró todo el lote, diciendo que era para sus sikari.

Toby colgó un espejito de la pared y con pocos golpes de navaja se afeitó las patillas y bigotes, mientras que Indri le rasuraba la cabeza, pues los hindúes no tienen costumbre de usar cabello largo.

Hecho esto se lavó repetidas veces con el contenido de un recipiente cuyo líquido lanzaba soberbios reflejos broncíneos.

Cuando le pareció que la piel estaba lo suficientemente oscura, se puso las ropas que escogiera.

—¿Qué te parece, Indri? –preguntó.

—Nunca vi un punjabés tan elegante —contestó sonriendo el ex favorito, y agregó—. De no haberte visto transformar con mis propios ojos, no te reconocería yo mismo...

—¿Y tú, pequeño Sadras?

El chico se echó a reír.

—Diría que no te he visto nunca con anterioridad a este momento, sahib.

—En tal caso, puedo desafiar a esos canallas. Escúchame bien, pequeño Sadras...

—Habla, sahib.

—¿Sabes dónde está nuestro bungalow?

—Sí, estuve allí con el sahib Bandhara.

—Allí tengo dos criados que responden a los nombres de Poona y Permati, dos valientes que nos serán de gran utilidad en nuestra empresa. Debes conducirlos hasta aquí sin que Dhundia sepa que he sido yo quien les llamó.

—No me dejaré ver, sahib.

—Vete, muchacho; tú eres más hábil y astuto que muchos hombres...

CAPÍTULO 18

Dos horas antes de la puesta del sol, Toby y su amigo dejaban la cabaña que habían alquilado tras haberse armado de revólveres y puñales.

Les seguían el pequeño Sadras y los dos criados, dos hindúes de reconocido valor que hacía varios años acompañaban al cazador en sus recorridas a través de la India.

Sadras, tras una prolongada permanencia en las vecindades del bungalow, había conseguido acercarse a ellos en el momento en que estaban a punto de salir para visitar a Bangavady.

—Ante todo, debemos ver la pagoda para conocer el terreno que pisamos —resolvió Toby—. Después pensaremos qué conviene hacer para salvar a Bandhara y capturar a ese peligroso faquir.

Para poder huir más rápidamente en caso de ser perseguidos, alquilaron cinco vigorosos caballos.

Acababan de salir de la ciudad cuando, para no llamar la atención de los espías del faquir, se dividieron en dos pequeños grupos.

Toby y el chico formaban el primero; Indri y los dos hindúes, el segundo.

El campo estaba desierto. En las plantaciones no se veía ningún hombre y tampoco en los senderos que llevaban a los campos diamantíferos que se extendían hacia el este.

—Tal vez nos creen ocupados en perseguir al Devorador de Hombres —dijo Toby—. ¿Has visto habitaciones de alguna clase en derredor de la pagoda?

—Ninguna, sahib; se encuentra totalmente aislada en medio del bosque desierto.

—¿Encontraremos algún escondrijo?

—Hay muchas y espesas matas de vegetación, señor. Nuestros caballos quedarán completamente ocultos.

—¿Crees posible escalar la pagoda?

—Se puede intentar, pues hay muchas columnas y estatuas.

—Hemos traído cuerdas y mis criados son ágiles como cuadrumanos...

Faltaba una hora para la puesta del sol cuando llegaron al bosque.

Allí aguardaron la llegada de Indri y los dos criados, que se habían mantenido algo alejados, y después buscaron un macizo vegetal suficientemente espeso como para ocultar los caballos.

Lo encontraron sin la menor dificultad.

Permati y Poona abrieron una especie de sendero a hachazos, y atravesando aquel macizo de verdor ocultaron los caballos, dejándolos convenientemente amarrados.

Hecho esto, el grupo de hombres se puso en marcha silenciosamente, encaminándose hacia la pagoda.

Sadras abría la marcha y los dos servidores la cerraban.

Cuando llegaron a los alrededores de la pagoda, el sol ya había descendido tras el horizonte.

—Yo conozco esta gigantesca construcción —comentó Toby—. Una vez la visité con un amigo mío que vivía en Pannah: Estuve aquí hace unos cinco años. Sus corredores y recovecos son interminables y dan tantas vueltas en derredor de la pagoda que podríamos perdernos... No resultará tarea fácil encontrar a Bandhara.

—Yo he visto por dónde lo llevaban —intervino Sadras, que no había perdido una sílaba de aquel diálogo.

—¡Espléndido!

Manteniéndose inclinados para no dejarse descubrir por algún centinela que estuviera oculto en el templo, atravesaron velozmente la explanada y llegaron hasta la gigantesca estatua de Holica, en torno a la que se encontraban las cenizas de las hogueras encendidas las noches anteriores.

En la escalinata no había nadie y la maciza puerta estaba cerrada.

Se internaron a través de las ruinas de la antigua muralla, escalando los montones de mampostería formados por los restos de columnas, capiteles y piedras de colosales dimensiones.

—No parece haber nadie en los alrededores...

—También yo creo que la pagoda está abandonada. Las ventanas no reflejan ningún rayo de luz.

—Os engañáis, señores —dijo en aquel momento Permati, uno de los dos servidores—. Mirad allá, cerca de la tercera cúpula menor; creo que hay una ventana iluminada...

—¡Por mi muerte! —juró Toby entre dientes—. ¡Allí arde una lámpara!

—¿Será la habitación del faquir? —preguntó Indri.

—Sahib —dijo en aquel momento Sadras—. Aquí es donde trepé la noche pasada... Esas son las dos cabezas de elefantes que me sirvieron de escala, ayudándome a subir hasta la ventana que se abre sobre la cornisa.

—¿Serías capaz de volver a hacerlo y arrojarme luego una cuerda?

—Sí, sahib.

—Entonces, manos a la obra, mi bravo muchacho...

Sadras se enroscó en derredor del cuerpo una cuerda que le dio Permati y luego se colgó de la trompa de uno de los elefantes, comenzando a trepar con tal agilidad que hubiera provocado la envidia de un simio.

Los dos servidores, entretanto, exploraban los montecillos de escombros para evitar que algún espía se ocultara y les descubriese, pues querían entrar en la pagoda sin llamar la atención de aquellos peligrosos bribones.

Sadras alcanzó felizmente la cornisa, aferrándose a las barras metálicas de la ventana.

—¿Ves algo? —le preguntó Indri, quien sin esperar que le arrojaran la cuerda había trepado hasta la parte superior de los elefantes.

—No hay ninguna luz encendida en el interior de la pagoda, sahib, ni tampoco se oye ruido alguno —contestó el valiente chiquillo.

—Ata la cuerda y arrójala...

Indri fue el primero en unírsele, luego subieron Toby y sus dos criados.

Habían izado el extremo libre del cabo, cuando divisaron una sombra gigantesca que salía de las ruinas.

Apretándose contra las estatuas de las divinidades hindúes, retuvieron la respiración.

La sombra avanzaba con suma precaución, deteniéndose de tanto en tanto para mirar en derredor.

Si los cuatro hombres y el chico hubieran tardado algunos segundos más en subir, habrían sido descubiertos por el recién llegado.

Toby se acercó a Sadras y le preguntó al oído:

—¿Lo conoces?

—Sí.

—¿Quién es?

—Barwani, el hombre que derribó a Bandhara y lo llevó cargado al subterráneo...

—Dejémosle ir...

El hindú atravesó los montones de ruinas y desapareció tras un ángulo de la pagoda.

—¿De dónde habrá salido? La puerta de bronce continúa cerrada...

—Habrá alguna otra entrada.

—Para nosotros será suficiente esta ventana... Permati, Poona, arrancad dos barras y dejad una para atar la soga.

Los dos hindúes no se lo hicieron repetir dos veces. Sin utilizar sus hachas, para no llamar la atención de Barwani, que podía regresar de un momento a otro, empuñaron sólidamente los barrotes y con todas sus fuerzas los torcieron, todo ello sin producir el menor ruido.

Dejando deslizar la cuerda en el interior de la pagoda, el cazador hizo ademán de descender, pero Permati lo detuvo.

—No, amo —le dijo—. Déjame bajar primero. Soy más ágil que tú y nadie me verá...

—Tienes razón.

—¿Si encuentro a alguien, debo matarlo?

—No, mi valiente..., darás una sacudida a la cuerda y esperarás en silencio.

—Está bien, amo...

El montañés se dejó deslizar suavemente por la tensa cuerda, llevando el puñal entre los dientes y desapareciendo en las tinieblas.

Toby y sus compañeros permanecieron atentos, pero la cuerda no experimentó sacudida ninguna.

—Permati no ha encontrado a nadie —dijo por fin el inglés—. El camino está libre.

—Entonces nos toca a nosotros —contestó Indri.

A su vez, se aferró con fuerza a la soga y comenzó a descender.

Cuando tocó el suelo, se sintió aferrar por dos manos poderosas, mientras una voz le susurraba al oído:

—¿Quién vive?

—Yo, Permati...

—Temía que fuera algún enemigo..., aquí no se distingue nada.

Poco después, los cinco se encontraban reunidos junto al extremo de la cuerda.

—¿Las lámparas? —preguntó Toby.

—Yo iluminaré con la mía —se ofreció Sadras.

Sacó de un pequeño paquete una linterna semejante a las utilizadas por los mineros, la encendió y dio algunos pasos adelante.

—Allí está la puerta —dijo por fin—. Por ella pasó Barwani llevando a Bandhara.

—Demos primero una vuelta por la pagoda —aconsejó Toby—. No quisiera dejar enemigos a nuestras espaldas...

—Déjanos a nosotros, patrón —terció Permati.

Mientras los dos montañeses se alejaban para cumplir con aquella misión, Indri y Toby, precedidos por el pequeño Sadras, se dirigieron hacia la portezuela.

—Mirad —dijo de pronto el chico, curvándose sobre el pavimento—. Todavía hay manchas de sangre.

—¿De mi cornac? —exclamó dolorido Indri.

—No, sahib —contestó Sadras—. Bandhara mató a varios sin recibir la más mínima herida...

Sé acercaron a la portezuela y trataron de abrirla.

Como la principal, era de bronce y estaba cerrada.

—No es posible abrirla —exclamó Toby—. ¿Cómo haremos para derribarla? Se necesita una catapulta...

—Yo vi que Barwani hacía correr sus manos sobre los adornos que tiene —dijo el chiquillo—. Debe haber algún resorte secreto.

137

Indri y Toby probaron tocar todos los relieves sin el menor resultado aparente, pues la portezuela parecía negarse a abrirse.

Sadras también hizo la prueba, y ante el estupor general, vio cómo la puerta cedía ante su ligera presión.

—¡Sahib! —dijo—. ¡La puerta está abierta!

—¿Tocaste algún resorte?

—No, sahib.

—¿No dejaste correr tus manos por las molduras?

—No tuve tiempo...

—¡Atrás, muchacho! Esto es demasiado misterioso, y las cosas pueden ponerse feas para ti. Alguien debe haberla abierto, y quizá está del otro lado del corredor, listo para arrojarse sobre el primero que entre.

En aquel momento regresaron los dos montañeses que no habían encontrado a nadie.

Luego, mientras amartillaba el revólver, dio un empellón a la puerta.

La pesada plancha metálica se abrió, mostrando un oscuro corredor, que parecía descender rápidamente bajo el nivel del pavimento.

Toby tomó la lámpara que Sadras sostenía en las manos y se adelantó resueltamente, con el arma siempre lista, diciendo con voz firme:

—¡Vamos!

CAPÍTULO 19

Aquel corredor, que otrora debió conducir a los apartamentos de los sacerdotes dedicados a custodiar el templo, era de forma semicircular, con las paredes adornadas de esculturas y columnas de mármol negro.

Un profundo silencio reinaba bajo aquellas arcadas, roto apenas por el ligero susurro de los pies de los cinco intrusos.

Toby había dado algunos pasos velozmente, creyendo hallar al hombre que abriera la puerta, pero nadie se veía en el corredor.

—Este silencio me inquieta —dijo Indri, que le había seguido con Sadras y los dos montañeses—. Habría preferido encontrar alguna resistencia.

—Tal vez no han osado enfrentarnos —contestó el ex favorito del gicowar—. Pero no debemos confiar, pues deben estar preparándonos alguna sorpresa.

Prosiguieron caminando cautelosamente, con las armas listas, llegando a una gradería en parte destruida que subía tortuosamente.

—¿Qué hacemos? —preguntó Indri.

—Subamos —contestó Toby—. Veremos a dónde lleva.

Subieron cuarenta escalones y llegaron a una vasta sala cuadrada, cuyo techo terminaba en cúpula y cuyas paredes ricas en esculturas estaban cubiertas por los viejos tapices.

En aquel lugar reinaba un profundo olor a humedad, pese a que en las paredes no se advertía la menor gota de agua.

—Esta es una habitación desocupada desde hace muchos siglos —observó Toby.

Estaba por dar vuelta en torno a las paredes, cuando hasta sus oídos llegó un gemido lejano.

Creyendo haberse engañado, no prestó atención, pero pocos instantes después volvió a oírlo más distintamente.

Dominado por una viva emoción retrocedió hacia sus compañeros.

—¿Habrá sido Bandhara? —se preguntó—. Ese desdichado hace cuarenta horas que no come...

El gemido se repitió con mayor claridad, pareciendo provenir del ángulo más oscuro.

Se dirigieron al rincón encontrándose frente a una enorme estatua que representaba la cuarta encarnación de Visnú; se trataba de un coloso con la mitad del cuerpo humano y la mitad de león.

Aquella estatua, de gigantescas proporciones, estaba incrustada en la pared, por lo que no podía ser quitada de allí.

—¿Habrá alguien atrás? —se preguntó Toby.

El nuevo gemido que resonó en la habitación pareció provenir del ídolo.

—¿Quién eres? —preguntó a gritos Indri—. ¿Dónde estás oculto?

Esta vez no fue un gemido lo que respondió, sino una voz bien conocida: la de Bandhara.

—¡Sahib! —había dicho—. ¡Me muero!

—¡Bandhara!

—Sí... soy yo.

—¿Dónde estás?

—Encerrado en una pequeña celda... Me muero de sed.

—No podemos verte...

—Yo alcanzo a divisar un haz de luz que penetra en mi prisión.

—¿Acaso habrá una entrada secreta?

—Quitad la estatua...

—¿Cómo? Se necesitarían veinte hombres para mover esta mole.

—He visto a Barwani apretar un resorte.

—¿Dónde se encuentra?

—No sé si en la estatua o en la pared.

—¡Busquemos! —exclamó Indri.

Los dos montañeses, Sadras y Toby se pusieron a buscar ansiosamente el resorte secreto que debía apartar a la divinidad. Pero no hallaron nada.

—Podemos demoler la pared, pero es una empresa larga —dijo Indri—. Por otra parte, las pequeñas hachas de nuestros hombres se romperían contra la piedra.

—Sahib —dijo Sadras—. A dos kilómetros de aquí está la zona minera, y allí encontraremos picos en abundancia.

—¿Y si entretanto los juglares llegan y matan a Bandhara? —preguntó Toby—: Tal vez Barwani ya ha advertido que estamos aquí.

—Iré yo con tus hombres, señor, y dentro de una hora estaremos de regreso.

—¿Y si advierten la cuerda y la cortan?

—Poona permanecerá de guardia en la ventana.

—Confía en nosotros, patrón —dijo Permati—. Sadras y yo iremos a la mina, mientras Poona permanece en la cornisa.

Tomaron una lámpara, empuñaron los revólveres y puñales, y desaparecieron silenciosamente.

Toby se sentó junto a Indri en el basamento de la estatua.

—¡Bandhara! —llamó Indri.

—Estoy agotado, patrón.

—Trata de reposar, que dentro de pocas horas estarás en libertad y nos ocuparemos de cazar a ese condenado faquir... ¿No oiste nada durante tu cautiverio?

141

—No, sahib.

—Entonces los bribones han abandonado la pagoda.

Pese a ello, ni Toby ni Indri estaban tranquilos; constantemente pensaban en la portezuela de bronce que había resistido a sus esfuerzos, y que luego se abriera espontáneamente, sin que nadie oprimiera el resorte secreto. Toby, cada vez más inquieto, se incorporó tras un momento de angustiosa espera.

—Deseo asegurarme con mis propios ojos que nada le ha ocurrido a nuestros hombres —dijo.

—¿Quieres ir al templo?

—No puedo permanecer aquí. Tengo tristes presentimientos.

—Si nuestros hombres se hubieran encontrado con alguien habrían hecho fuego, y las detonaciones, centuplicadas por el eco, nos hubiesen llegado...

—Volveré apenas me haya asegurado que Poona monta guardia sobre la cornisa. En el exterior debe brillar la luna y no me costará trabajo verlo a través de la ventana.

Bajando la escalera se introdujo en el oscuro corredor. Acababa de dar algunos pasos, cuando oyó delante de sí un ligero susurro; parecía que alguien arrastraba un trapo sobre las piedras.

—¿Es el eco de mis pasos o alguien me precede? —se preguntó.

Toby no conocía el temor; empero al hallarse solo en aquel corredor, rodeado de espesas tinieblas, una sensación extraña le dominó.

Alzando el revólver para estar más preparado para hacer fuego, continuó avanzando resuelto a resolver aquel misterio.

El sonido continuaba dirigiéndose hacia la pagoda. El cazador trató de apresurar el paso, pero aquel ser misterioso continuó alejándose con mayor velocidad.

Cuando llegó a la pagoda, la oscuridad era mucho menos intensa que antes. La luna, que alcanzara su mayor altura, proyectaba algunos haces de luz a través de los orificios abiertos en la baja cúpula, permitiendo discernir los objetos vagamente a lo largo de las paredes.

Toby miró en todas direcciones, pero nada advirtió.

—¿Me habrán engañado mis oídos? —se preguntó—. Sin embargo, juraría lo contrario.

Se había detenido junto a la puerta de bronce, no sabiendo si debía avanzar o retroceder.

Repentinamente, sintió que los cabellos se le erizaban y un sudor frío le empapó el cuerpo, una de las estatuas que decoraban las paredes había comenzado a caminar lentamente hacia el centro de la pagoda.

Era totalmente blanca, de dimensiones gigantescas, y parecía estar cubierta de pies a cabeza por un enorme paño de ese color.

—¿Sueño o veo mal? —balbuceó el cazador—. ¿Es posible que las estatuas se muevan?

Dando un salto adelante, amartilló el revólver y disparó. Al resplandor del fogonazo le pareció ver que cabezas de elefantes que estaban pegadas a la pared se apartaban para dar paso al fantasma.

La detonación resonó en toda la pagoda, levantando ecos en las cúpulas, y extinguiéndose luego en las galerías.

Al disparo siguió una risa burlona, que terminó con un silbido agudo.

Toby, terriblemente encolerizado por la burla, se lanzó hacia el sitio donde desapareciera la figura de blanco...

CAPÍTULO 20

Con los ojos bien abiertos y los oídos a la expectativa, llevando el revólver amartillado, comprobó que Poona mantenía la guardia y después llegó hasta la puerta de bronce que ponía en comunicación a la pagoda con aquel tenebroso corredor.

Al llegar allí, se detuvo. Tal vez no le convenía introducirse en aquella galería, de donde saliera el ser vestido de blanco semejante a un fantasma.

—¡Yo, que no temblé frente a las más sanguinarias fieras de la India, no puedo detenerme por una aparición que no alcanzo a comprender...! —se dijo para darse valor.

Estaba por atravesar la puerta, cuando le pareció oír en la vasta galería un leve rumor. Esta vez no era un susurro, sino verdadero sonido de pasos.

—¿Otro espectro? —murmuró.

Alzó el revólver resuelto a disparar, pero una repentina sospecha le detuvo.

—¿No será Indri? —se preguntó—. La detonación debe haberse propagado por toda la pagoda...

Retrocedió nuevamente para distinguir mejor a la persona que se acercaba, y a la luz de la luna que iluminaba el templo, vio que un hombre armado salía de la galería.

—¿Eres tú, Indri?

—Sí... ¿Fuiste tú quien hizo fuego?

—Sí. Disparé contra un hombre disfrazado de fantasma que salió de esta galería.

—¿Lo mataste?

—Desapareció por una puerta secreta.

—¿Y Poona?

—Está de guardia en su sitio.

—Aquí suceden cosas que hacen erizar los cabellos.

—¿Viste también a alguien?

—No, pero oí rumores extraños que no sabría explicar.

—¡Y dejaste a Bandhara! Durante tu ausencia podrían matarle... A estas horas los que le aprisionaron saben que hemos venido a libertarlo.

—Volvamos junto a él. Espero que lleguemos a tiempo..

Recorrieron rápidamente la galería sin encontrarse con ningún enemigo, subieron por la escalera y entraron en la habitación iluminada por la lámpara que colgaba de la gigantesca estatua.

—¡Bandhara! —llamó Toby ansiosamente.

—¿Sahib? —contestó el pobre cornac con voz débil.

—¿Sigues solo?

—Sí.

—¿Nadie entró en tu celda?

—No, señor.

—Dentro de pocos minutos Permati volverá con los picos, y apenas hayamos liberado a Bandhara, nos iremos de aquí... No pienso volver a pisar esta pagoda. Me parece que regresan nuestros camaradas...

Toby se asomó por la escalera, y vio subir a Permati y Poona, llevando picos, precedidos por Sabras que les iluminaba el camino.

—¡Por fin!

—Hemos reventado los caballos —contestó Permati.

—¿Habéis encontrado a alguien en el camino?

145

—No, señor —contestó Sadras.

—Yo oí un disparo mientras montaba guardia en la cornisa —dijo Poona—. ¿Fuiste tú quien hizo fuego?

—Sí, involuntariamente —contestó Toby, que no quería atemorizar a sus hombres.

—Aquí tenemos picos capaces de demoler las rocas más duras —exclamó Permati—. Veremos si las paredes resisten nuestro empeño.

Toby, que era el más vigoroso, dio el primer golpe levantando centenares de chispas.

—Detrás de este mármol hay un hueco —dijo—. Buena señal.

Al segundo golpe, la losa se abrió de arriba a abajo, Indri y Permati introdujeron las puntas de sus picos en la hendidura, y haciendo palanca se esforzaron por separarla, mientras el cazador continuaba golpeando con vigor. Repentinamente, un trozo de la pared cedió, dejando una abertura capaz de dar paso a un hombre.

—¡Bandhara! —llamó Indri adelantando la lámpara—. ¿Puedes salir?

—Sí, patrón... Estoy muy débil, pero aún puedo caminar.

Indri apartó la lámpara, y el cornac, haciendo un esfuerzo supremo, apareció en la hendidura.

—Gracias patrón —murmuró—. Creía que no te volvería a ver más.

Toby sacó de uno de sus numerosos bolsillos un frasco, dando de beber al pobre hombre.

—Tengo muchas cosas que contar... —exclamó.

—Más tarde lo harás; ahora pensemos en huir —exclamó Indri.

—Sí, porque los encantadores de serpientes y demás hombres del faquir son muy numerosos y nos vencerían fácilmente.

—Apóyate en Permati y síguenos.

Bandhara se incorporó para obedecer, cuando en la escalera resonaron pasos precipitados.

Un momento después, Poona y Sadras se precipitaban en la sala. Ambos estaban dominados por una viva agitación.

—¿Qué ocurre? —preguntó Toby con ansiedad.

—Sahib —exclamó el montañés con voz quebrada—. Hemos oído que la puerta de bronce se cerraba.

—¡Por mil tigres! —exclamó el cazador—. ¡Nos han encerrado!

En aquel momento oyeron en el corredor las notas de una flauta indígena.

Toby palideció intensamente. Recordaba haber oído aquella música cuando persiguiera al faquir en la selva.

—Es un encantador de serpientes, ¿verdad?

—¡Sí! —contestaron al unísono Bandhara y el ex favorito del gicowar estremeciéndose.

—¿Habrá serpientes en esta maldita pagoda?

La música entretanto continuaba, cada vez más dulce, más enervante, pareciendo, sin embargo, no acercarse.

—Vamos a ver —dijo Indri arrancando la lámpara a Sadras—. Vosotros tomad los picos, todavía pueden sernos necesarios.

Se dirigieron hacia la gradería, pero apenas habían bajado algunos escalones se detuvieron, mirándose espantados.

En el oscuro corredor se oían silbidos que se acercaban rápidamente.

—¡Las serpientes! —exclamó Toby con voz sofocada—. Esos miserables nos lanzan en contra una legión de reptiles.

En efecto, la galería estaba llena de serpientes, gulabi, natas, cobras.

Excitados por la música, que ahora apresuraba su ritmo, aquellos reptiles avanzaban a través del corredor, retorciéndose, silbando y abriendo las fauces.

Había alrededor de doscientas.

—¡Estamos perdidos! —exclamó Toby, retrocediendo—. Si esta música no cesa, los reptiles subirán hasta nosotros invadiendo la sala. ¡Ah! ¡Maldito encantador!

La música continuaba apresurándose, y los reptiles, cada vez más furiosos, avanzaban sin detenerse.

Toby y sus camaradas quemaron algunos cartuchos con escaso éxito. Los reptiles eran demasiados y se movían tan velozmente que hacían casi imposible apuntar, especialmente con armas cortas.

—Cuidemos las municiones —dijo repentinamente Toby—. Se tornan demasiado preciosas... Si pudiéramos hacer una barricada en la arcada, detendríamos la marcha de esos reptiles.

—Pero podemos hacerla, sahib —exclamó Sadras.

—¿Cómo?

—Derribando la pared y acumulando los escombros frente a la escalera.

—Las víboras pasarán por encima —observó Indri.

—Las mataremos a machetazos —exclamó Bandhara.

—¡Rápido, ayudadme! —gritó Toby.

Empuñaron los picos y comenzaron a golpear furiosamente las paredes. A su vez, Permati y Sadras recolectaron los trozos de piedra que caían, amontonándolos rápidamente; las losas de mármol se quebraban bajo los vigorosos golpes de Toby, Poona e Indri. El cornac, si bien debilísimo, les ayudaba lo mejor posible.

Pero si los hombres trabajaban encarnizadamente, las serpientes no se quedaban atrás.

Permati y Sadras, que acumulaban los trozos de piedra y mármol, ya las veían moverse en la penumbra.

La barricada se alzaba rápidamente porque Toby y sus dos compañeros alcanzaban cada vez mayores trozos de piedra a Permati, Sadras y Bandhara.

148

—Nuestro trabajo ha terminado —dijo Toby secándose el sudor que le inundaba el rostro.

—Y la barricada apenas tiene un metro de alto —agregó Indri—. Los reptiles no tendrán ninguna dificultad en sobrepasarla.

—¿Qué hacemos? —preguntó Toby, mirando con espanto hacia la escalera—. ¿Debemos dejar nuestros huesos aquí? ¿No habrá acaso alguna forma de librarnos de esta muerte horrible? Habla, Indri...

El ex favorito del gicowar se limitó a contestar con una triste mirada. Los demás callaron.

—Está bien. —gritó Toby con voz furiosa—. ¡Combatiremos contra estas malditas víboras!

En aquel momento, una serpiente enorme que precedía al resto de la banda asomó su cabeza sobre la barricada, lanzando una mirada llameante sobre aquellos desdichados.

—¡Tú la primera! —aulló Toby disparando su revólver.

El reptil cayó con el cráneo destrozado de un balazo, sacudiéndose desesperadamente.

—¡Adelante, amigos! —gritó el cazador exaltado—. ¡Gastemos nuestras últimas balas, que nos quedan los puñales!

Otra serpiente, una soberbia boa verde-azulada, con dibujos irregulares en la piel, superó la barricada y avanzó hacia Toby silbando rabiosamente.

Indri disparó a su vez, fulminándola.

—¡Van dos!

En aquel momento, el resto del pelotón de reptiles se deslizaba en el interior de la sala, mientras la música continuaba implacablemente, azuzando a aquellos terribles animales.

CAPÍTULO 21

Mientras Toby y sus camaradas se dirigían para liberar a Bandhara, Dhundia, cómodamente recostado en los almohadones del ruth, regresaba hacia Pannah para presentar al rajá las soberbias pieles de los dos Devoradores de Hombres.

El custodio del ex favorito del gicowar no se sentía tranquilo. Aquella partida imprevista de Toby, la aparición del mensajero en el linde del campo diamantífero, le habían hecho entrar en sospechas.

—Han querido alejarse sin llevarme... —se dijo—. ¿Sospecharán de mí? Este inglés parece muy zorro, pero si cree poderme engañar, está muy equivocado... . Me gustaría saber si es cierto lo de la partida de caza. Ese rinoceronte y el amigo que desea librarse de él, son un invento de la fantasía británica.

Superada felizmente la línea de colinas, el vehículo atravesó los campos diamantíferos, y media hora después de la puesta del sol hizo su entrada en la ciudad.

Dhundia ordenó a los ojeadores que ocultaran las dos pieles, y se hizo conducir directamente al bungalow.

Tenía prisa en ver al mayordomo antes de hablar con el rajá, con la esperanza de obtener mayores informes sobre la partida de sus camaradas.

—El rajá puede esperar —se dijo—. Además, toca a Toby presentar las pieles y cobrar la recompensa, puesto que yo no he matado los tigres.

El mayordomo había advertido su llegada rápidamente y se había apresurado a salir del bungalow para recibirlo.

—¿Ya de regreso, sahib? —le preguntó.

—Hemos matado a los tigres —contestó Dhundia, con tono enfático—, nuestra misión ha concluido.

—¿Y el cazador blanco?

Dhundia hizo gesto al mayordomo para que callara y entró en el saloncito mientras los sikari conducían el vehículo al recinto cercano al palacio.

—¿Ha ocurrido algo durante mi ausencia? —preguntó al mayordomo cuando estuvieron solos.

—No he visto más a Sitama. Sin embargo, envió algunos de sus hombres en busca de noticias tuyas.

—¿Y Bandhara?

—No ha regresado, sahib.

Dhundia arrugó el ceño e insistió:

—¿No ha venido ningún inglés en busca de Toby Randall?

—No —contestó el mayordomo asombrado—. ¿Por qué me haces esta pregunta, sahib?

En vez de responder, Dhundia comenzó a pasearse por el salón dominado por una viva preocupación. Repentinamente se detuvo frente al mayordomo:

—Dime, ¿ha venido un muchacho a pedirte noticias nuestras?

—¡Un muchacho! —exclamó el mayordomo—. Estaba junto al brahmán brigibasi...

—¿A qué brahmán te refieres? No me lo habías dicho antes.

—Tú me hablaste de un inglés, sahib.

—¿Quién era ese brahmán?

—Lo ignoro.

—¿Estaba acompañado por un muchacho?

—Sí, lo recuerdo perfectamente.

—Delgado, pequeño, con ojos muy negros...

—... y con turbante rojo, y túnica azul...

—¡Es el mismo que ha venido a buscarnos a las minas! —exclamó Dhundia iracundo—. ¡Por Siva y Visnú! ¡Toby me ha engañado!

El sikh comenzó a pasearse por la habitación mordiéndose iracundo los labios.

—¿Quién era ese brahmán? —se dijo—. ¿Por qué me hizo alejar de Toby? ¿Y ese muchacho? ¿Dónde diablos estará ahora? Es necesario que yo lo sepa. ¡Ah! Si esperan apoderarse de la Montaña de Luz sin mí, se equivocan...

—¿Dónde podré ver a Sitama? —preguntó colérico Dhundia.

—Lo ignoro, sahib. Ha dejado su cabaña en la ciudad, pero trataremos de averiguarlo. Los encantadores se han establecido en torno al lago sagrado...

—Enviarás a buscar alguno...

—Precisamente.

Dhundia se hizo servir el almuerzo y luego fue a dormir a su habitación para descansar de la fatigas pasadas.

Hacía cinco horas que dormía cuando fue despertado por el mayordomo que le dijo:

—Sahib, hay un oficial del rajá esperándote.

Dhundia se vistió precipitadamente y bajó al salón donde lo aguardaba el oficial del rajá, vestido con las aparatosas ropas de los sikhs.

—¿Tú estuviste con el famoso cazador blanco? —le preguntó el enviado del rajá al verle aparecer.

—Sí.

—¿Dónde están tus compañeros?

—Partieron para matar a un rinoceronte.

—Mi señor desea verlos.

—Ignoro cuándo regresarán.

—Es necesario que mañana estén aquí, porque el rajá dará una fiesta en su honor.

—¿Y si no pudieran llegar a tiempo?

—Cada deseo de mi señor es una orden, y todos deben obedecer. A mediodía serán recibidos en el salón del trono.

Dicho esto, el oficial se marchó y Dhundia quedó solo.

—¿Dónde encontrarlos? —se preguntó—. Si no obedecen al rajá, es capaz de expulsarlos del reino, y en tal caso, el diamante quedará perdido. Temo que nuestros asuntos corran peligro de estropearse...

Estaba por volverse a su habitación cuando entró el mayordomo seguido de un encantador de serpientes.

—Este hombre es un enviado de Barwani —dijo el servidor.

—Tengo una noticia que debe interesarte, sahib —dijo el encantador—, el cornac Bandhara ha caído en nuestras manos.

—¿Lo habéis matado? —exclamó Dhundia.

—Aún vive —contestó el encantador con una sonrisa maligna—, pero pronto morirá de hambre.

—¿Quién lo condenó?

—Sitama, porque el cornac descubrió nuestro secreto...

—¿Descubrió todo? —Dhundia palideció intensamente—. ¿Acaso la brusca partida de Indri y Toby tiene algo que ver con la prisión de Bandhara? ¿Dónde se encuentra?

En la vieja pagoda de Visnú, cerca de los campos diamantíferos.

—¿Podré hablarle sin que nadie me descubra?

—Después de medianoche, a esa hora se reúnen los dacoitas de los alrededores.

—Vendrás a buscarme a las once.

—Así lo haré, sahib. ¿Qué hacemos con Bandhara?

—Que muera. Podría arruinarnos el negocio.

—Piensas igual que Sitama. El cornac puede considerarse cadáver.

153

Con un gesto indicó al encantador que podía retirarse y salió en compañía del mayordomo. Estaba tan convencido de que Indri y Toby le habían mentido, que esperaba encontrarlos en las calles de la ciudad de un momento a otro.

Sin embargo, su búsqueda no tuvo el menor éxito. A la puesta del sol regresó, sintiéndose más preocupado que nunca.

—Si mañana no regresan, el rajá se enojará ... Me conviene pedirle a los hombres de Sitama que los busquen.

Esa noche el encantador de serpientes se presentó en la puerta del bungalow, conduciendo por la brida dos caballos. Partiendo al galope y atravesando las calles y plazas casi desiertas, salieron de la ciudad, llegando al bosque en menos de media hora. Al ver el lugar, Dhundia preguntó:

—¿Cómo se les ocurrió buscar refugio en este templo?

—Esta pagoda está abandonada y los habitantes de Pannah no la frecuentan; por lo tanto es un asilo seguro. Además, Barwani conoce perfectamente las entradas secretas y subterráneas, por lo que no hay peligro de que queden bloqueados.

Acababan de atravesar el bosque y giraban en torno al estanque que se extendía frente a la pagoda, cuando hasta ellos llegó una fuerte detonación.

El encantador sofrenó su caballo, y exclamó:

—Ven, sahib. Tal vez Sitama esté en peligro.

Él debía conocer perfectamente aquel pasaje secreto y sacando de un orificio una lámpara de aceite, la encendió, siguiendo el tortuoso camino hasta llegar a una escalera de caracol.

Al llegar al extremo superior de la escalera, el encantador se encaminó hacia una segunda galería, tan estrecha que no permitía el paso de más de un hombre por vez. Allí abrió una puerta oprimiendo un resorte secreto. Dhundia se encontró en una amplia habitación iluminada por dos antorchas colocadas en soportes metálicos, donde había algunos camastros, instrumentos musicales nativos, cestas semejantes a las empleadas por los encantadores para encerrar sus serpientes, y abundante cantidad de armas.

—Si Sitama y Barwani no se encuentran aquí, debe acontecer algo muy importante en la pagoda.

—¿Esta es su habitación? —preguntó Dhundia.

—Sí... ¿Pero, qué significa esto? ¡Todas las cestas están abiertas! ¿Acaso han huido las serpientes?

—¿Cuáles?

—Las que utilizamos durante las fiestas para dar exhibiciones. Había más de doscientas.

—¿Estarán ocultas en algún sitio? —Dhundia miró en derredor aterrorizado—. Temo a las víboras...

—No te preocupes —dijo el hindú sacando una flauta de la pared—. Yo sé calmarlas. Sígueme.

Bajaron las escaleras precipitadamente y tras recorrer un corredor en tinieblas se encontraron en la pagoda, a breve distancia de la puerta de bronce.

Dos hombres, uno de los cuales estaba munido de la correspondiente flauta que lanzaba estridentes notas, se hallaban frente a dicha puerta.

El encantador los reconoció de inmediato.

—¡Sitama y Barwani! —gritó.

—¿Qué estáis haciendo? —preguntó el sikh—. ¿Qué significaban esos disparos?

El faquir separó la flauta de sus labios y se acercó rápidamente a Dhundia.

—Sahib —le dijo—. ¿Dónde están el cazador blanco y el ex favorito del gicowar?

—Lo ignoro. Hace veinticuatro horas que faltan de Pannah.

—¿No están en el bungalow?

—No.

—Algunos hombres se introdujeron en la pagoda para liberar a Bandhara.

—¿Quiénes son? ¿Toby...?

—No es posible... Ningún europeo les acompañaba, a menos que el inglés se haya disfrazado de hindú...

—¿Cuántos eran?

—Cuatro y un muchacho.

—¡Un muchacho! —repitió Dhundia—. ¿Lo observaste bien? ¿Llevaba turbante rojo y túnica azul?

—Sí, sahib.

—¡Es él! ¡El muchacho que nos fue a buscar al campo diamantífero después de la muerte de los dos Devoradores de Hombres! ¿Dónde están esos hombres?

—Asediados en una sala que comunica con la prisión de Bandhara.

—¿Ya han liberado al cornac?

—Consiguieron demoler la pared de su celda...

—¿Crees tú, Sitama, que Bandhara se ha enterado de muchas cosas? ¿Sabrá que soy tu cómplice?

—Es imposible, sahib.

—Entonces, si quieres tener la Montaña de Luz, deja de inmediato en libertad a esos hombres. Si a medio día no se encuentran en Pannah todo se habrá perdido.

—¿Estarán todavía vivos? —preguntó el faquir mirando a Barwani—. Las serpientes deben haber entrado en la sala.

—¿Puedes llamar a las víboras? —inquirió Dhundia.

—Sí, sahib —contestó el faquir—. Antes las calmaré, pues deben estar furiosas, y luego las haré regresar.

—¿Será posible que vea a esos hombres sin que me descubran? —preguntó Dhundia—. Quisiera asegurarme si son realmente mis compañeros.

156

—Lleva al sahib hasta un sitio donde le sea posible ver a esos hombres.

Luego, mientras Barwani, Dhundia y el encantador se alejaban, el faquir apretó un botón oculto en el umbral de la puerta, la abrió y comenzó a tocar nuevamente la flauta, arrancándole notas dulcísimas que invitaban al sueño.

CAPÍTULO 22

Quemados los últimos cartuchos, Toby y sus compañeros continuaron la lucha utilizando fragmentos de piedras para aplastar las cabezas de los reptiles. La barricada resultaba insuficiente para detener a aquella horda ondulante; los pitones y boas fueron los primeros en atravesar fácilmente la improvisada muralla, descendiendo hacia los hombres sitiados en la ruinosa sala.

Toby, tan furioso como los reptiles, daba valor a sus compañeros con fuertes gritos, mientras, aferrando enormes bloques de piedra, aplastaba a los ofidios que se le acercaban.

Cuando alguna boa se acercaba demasiado, Indri o Permati, armados de pequeños sables, se lanzaban adelante con el ímpetu que infunde la desesperación, y de un buen golpe la decapitaban.

Ya Toby había destrozado con el taco de su bota a más de una que intentara morderles las piernas. Fue entonces cuando, para estupor de todos, la música se interrumpió, deteniendo momentáneamente el ataque de los reptiles. Estos, tranquilizados, se habían mantenido en sus sitios, alzando y bajando las cabezas triangulares con movimientos ondulantes.

Indri, Toby y sus camaradas aprovecharon aquel momento de respiro para dirigirse hacia el extremo más alejado de la habitación.

—¿Nos creerán muertos? —preguntó Toby.

—No lo sé, pero las serpientes han quedado inmóviles —contestó Indri—. Parece que esperan tan tranquilas como nosotros por esta interrupción.

—¿Cómo pueden haber reunido tantos reptiles? — inquirió el inglés.

—La explicación es facilísima —contestó Bandhara—. El faquir tiene bajo sus órdenes una verdadera escuadra de encantadores.

—¡Calla! —le interrumpió Indri—. La música recomienza.

—Sí, y con otro tono —agregó Toby que escuchaba atentamente—. Se ha hecho más dulce.

—¡Mirad! —gritó Permati—. ¡Las serpientes se retiran!

Efectivamente; los reptiles, tras permanecer algunos minutos inmóviles, se pusieron nuevamente en marcha, pero esta vez, seducidos por aquella música misteriosa que parecía dominarlos por completo, se deslizaron hacia la barricada, desapareciendo en dirección a la escalera.

—¿Qué está por ocurrir? —inquirió Toby.

—Algo sencillísimo —contestó Indri—. El encantador los llama.

—Entonces nos cree muertos.

—O tan solo ha querido asustarnos.

—Aprovechemos para marcharnos. Ya nada tenemos que hacer aquí...

—¡Sahib! —llamó en aquel momento Permati que se había dirigido a la escalera llevando una lámpara—. ¡Las serpientes se han marchado!

—¡Vamos! —exclamó Toby—. ¡Llevemos los picos, son mejores armas que los cuchillos!

Las notas de la flauta, dulcísimas, se alejaban tornándose cada vez más débiles.

El músico, tras haber llamado a las serpientes, las arrastraba a otro sitio para volverlas a encerrar en sus cestas.

Toby y sus compañeros, no viendo a nadie en el corredor, lo atravesaron llegando frente a la puerta de bronce que estaba nuevamente abierta.

Encantador y serpientes habían desaparecido, y el más profundo silencio reinaba en la pagoda.

—¿Comprendes algo de todo esto, Indri? —inquirió—. ¿Por qué dejarnos en libertad cuando hubiera podido matarnos sin correr ningún peligro? Esto es algo irracional.

—Cada vez me convenzo más de que el faquir busca solamente atemorizarnos...

—¿Cómo explicas todo esto? Si tardaba un minuto en llamar a sus reptiles, a estas horas estaríamos muertos. No, Indri, nadie lanza doscientas víboras venenosas contra seres humanos, simplemente para asustarlos...

—¿Y cómo explicas esta retirada?

—Sahib —interrumpió Permati—. La puerta mayor de la pagoda también ha sido abierta.

—¡Ese bribón de faquir nos ha querido evitar el trabajo de salir por la ventana! Demasiado gentil de su parte.

A las seis de la mañana, cuando las calles de Pannah comenzaban a poblarse de gente, llegaron al bungalow.

—¿Dónde está Dhundia, nuestro compañero? —preguntó Toby al servidor que les abrió la puerta.

—Ayer partió en tu búsqueda, sahib —contestó este—. Estaba inquieto por tu ausencia.

—Mejor es que así sea —gruñó el cazador—. Podremos hablar con mayor libertad. Y ahora mi bravo cornac, humedécete la lengua y habla. Espero saber por fin los motivos que tiene ese maldito faquir en perseguirnos tan encarnizadamente.

—Sahib —contestó Bandhara—. Conoce nuestros proyectos... Sabe que hemos venido a apoderarnos del Koh-i-noor...

—¡Todo está perdido! —dijo el ex favorito del gicowar.

—Explícate mejor, Bandhara —exclamó Toby—. Necesitamos saber todo...

Cuando el cazador y su amigo se enteraron de lo que oyera el cornac la noche en que se introdujo dentro de la pagoda, se miraron con evidente temor.

—¿Quién puede haberlos advertido de nuestros proyectos? —murmuró finalmente Toby.

—Me parece que ha sido Parvati —contestó Inri—. Ese miserable debe haber contratado al faquir y su banda para que tornen imposible mi empresa.

—Indri —exclamó Toby resueltamente—. No podemos perder tiempo; debemos robar el diamante y huir hacia Baroda.

—¿Y cómo haremos para apoderarnos de la gema?

—Basta que yo me entere donde está —interrumpióle Bandhara— y el resto corre por mi cuenta...

—Eso trataremos de averiguar. Yo rogaré al rajá que me enseñe su famosa Montaña de Luz. No podrá negarse a hacerlo.

—Iremos a ofrecer hoy mismo las pieles de los dos tigres...

—¿Has traído los narcóticos, Bandhara? —dijo Toby.

—Sí, patrón. Los oculté en el hauda de Bangavady.

Acababan de comer, cuando el mayordomo les advirtió que el rajá esperaba que a mediodía pasaran por el palacio para felicitarlos por el éxito alcanzado en la peligrosa cacería.

—Nos queda una hora para prepararnos —observó Toby No quiero presentarme en el palacio con el rostro pintado.

Acababan de vestirse cuando apareció un oficial del rajá encargado de conducirlos frente al monarca.

—Sahib —dijo el oficial haciendo una profunda reverencia frente a Toby—. Mi señor desea verte para agradecerte haber

161

librado a Pannah de los Devoradores de Hombres, y ofrecer un espectáculo en tu honor.

—Te seguimos —contestó Toby—. ¿Ha recibido el rajá las pieles?

—Sí, sahib, ya le sirven de alfombras.

Salieron del bungalow precedidos por el oficial y la escolta. Con ellos llevaban a Bandhara, que se vistiera suntuosamente, dispuesto a servirles de intérprete en caso necesario.

Frente a la puerta principal del palacio, un nuevo destacamento les rindió honores militares.

Tras subir una espléndida escalinata de piedra blanca, entraron en un enorme salón cuya cúpula era de mosaico y sus paredes de mármol rojo con arabescos. En derredor había grandes divanes de seda escarlata, bordada en plata, y en el extremo un rico baldaquín, bajo el cual se veía un sillón de terciopelo donde estaba acomodado el rajá.

El rajá de Pannah era un hombre corpulento, de aspecto jovial, muy bronceado y sin nada de la convencional pompa que rodeaba habitualmente a los príncipes asiáticos.

Cuando Toby, tras una profunda reverencia se le acercó, el hijo de Kiscior Sing, fundador de la dinastía, le estrechó amablemente la mano.

—Soy un sincero amigo de los ingleses —le dijo sonriente— y me alegro de poder saludar al cazador más valeroso de la India Central, que ha liberado mis minas de los dos terribles Devoradores de Hombres que imposibilitaban el trabajo en ellas. Tendrás el premio que había prometido al que matara a esas terribles fieras.

—Alteza —se apresuró a decir Toby—. Mis amigos y yo vinimos impulsados por nuestro amor hacia la caza, y no por el deseo de ganar las diez mil rupias ofrecidas de recompensa...

—Veinte mil —interrumpióle el rajá—. Los Devoradores de Hombres eran dos, no uno.

—De cualquier manera, renunciamos al premio.

El rajá los miró con estupor.

—¿Cómo podría recompensarte? —le preguntó—. Vosotros habéis desafiado la muerte.

—Quisiera una sola cosa en cambio del favor hecho: ver la Montaña de Luz.

—Un deseo que nada me cuesta satisfacer —contestó el rajá sonriendo—. Piensa en el servicio que me prestaste: en cuatro semanas perdí más de cien mil rupias y quién sabe cuántas más hubieran quedado bajo la tierra de continuar con vida los dos tigres...

—Me conformo con ver el famoso diamante, ya que se lo nombra como a una de las maravillas del mundo.

—Tal vez no se equivocan —murmuró el rajá—. Es efectivamente el más hermoso diamante que existe en Asia. Esta tarde, después de la recepción, lo exhibiré. ¿Estás satisfecho, Toby Randall?

—Gracias, alteza.

El rajá clavó sus miradas en Indri y Bandhara.

—¿Quiénes son éstos? —preguntó.

—Dos príncipes de Baroda, amigos míos, cazadores.

—Los traerás contigo esta noche para que pueda premiarlos también a ellos.

Estrechó nuevamente la mano de Toby y desapareció tras una puerta oculta por una cortina de seda azul recamada en oro.

Toby y sus dos compañeros siguieron a un oficial indicado a través de un largo corredor adornado con divinidades indias que conducía a uno de los espaciosos patios del palacio.

163

Un vasto recinto circundado por galerías y palcos cubiertos de toldos para reparar a los espectadores del intenso sol, emergía en medio del espacio abierto.

Ministros, altos dignatarios, oficiales, mujeres de la corte y soldados ya habían ocupado aquellos sitios, mientras una orquesta hacía resonar diversos instrumentos nativos.

—Vamos a gozar del espectáculo dado en nuestro honor, mientras esperamos que nos muestren el famoso diamante.

Mientras entraban al palco, el rajá ocupó su sitio en una soberbia galería cubierta de telas preciosas y engalanada con flores. Viendo a Toby y sus amigos, les saludó con la mano, y luego hizo un gesto al capitán de la guardia que estaba en medio del circo. El espectáculo estaba por comenzar...

CAPÍTULO 23

Todos los príncipes hindúes que conservan sus estados no han abandonado su pasión por los espectáculos salvajes, sangrientos y costosísimos.

El gicowar de Baroda, que es el más espléndido y rico de todos esos príncipes independientes, experimenta un verdadero frenesí por tales sanguinarios espectáculos y gasta anualmente millones de rupias en montarlos.

El rajá de Pannah, no menos rico que su colega de Baroda merced a las inagotables minas de diamantes, mantenía un circo con luchadores, animales de combate y bufones.

Al sonido de la trompeta callaron todos los ocupantes de palcos y galería, mientras de los dos extremos del circo aparecían dos elefantes macizos y poderosos.

Cada uno estaba montado por un cornac, hombre evidentemente escogido entre sus cofrades, de valor a toda prueba, y que estaba destinado generalmente a dejar el pellejo en aquella lucha peligrosa, sobre la arena del circo.

Los elefantes, apenas entrados en el anfiteatro berrearon con tanta fuerza que hicieron temblar la galería. Estaban visiblemente excitados, lo que se advertía por el brillo de sus ojos y el movimiento de sus trompas.

Por eso, apenas se vislumbraron, se abalanzaron uno contra el otro sin que sus cornac tuvieran necesidad de azuzarlos.

Ambos hacían esfuerzos aterradores por derribarse.

La lucha entre aquellos dos gigantes se hacía cada vez más furiosa. De pronto, el más bajo, en el momento en que se alzaba sobre sus patas superiores, recibió en medio del pecho un tremendo golpe que le derribó de rodillas, haciéndole lanzar un ronco berrido.

Su cornac, con un salto admirable, se dejó caer al suelo refugiándose tras aquella enorme masa.

Milagrosamente había escapado de una muerte cierta, pues el vencedor comenzaba ya a golpear minuciosamente al caído, para impedirle que pudiera reincorporarse y luchar.

Totalmente atontado, el vencido no conseguía sustraerse a aquella lluvia de golpes; hacía girar sus enormes orejas y lanzaba berridos cada vez más lamentables.

Ya las dos barreras del circo habían sido abiertas y doce hindúes montados sobre fogosos caballos se lanzaron hacia el vencedor aullando y agitando banderillas rojas.

El coloso, viendo caer sobre él a todos aquellos hombres, abandonó a su adversario y se abalanzó sobre ellos lanzando golpes de trompa a derecha e izquierda.

Empero eran cargas inútiles, porque los satmarivallas, con vueltas y esguinces se ponían fuera del alcance de su formidable apéndice.

Mientras el paquidermo derrotado salía, otros doce hombres, pero esta vez desmontados, entraban precipitadamente en el recinto. Estaban armados de lanzas, y con un valor increíble se arrojaron sobre el elefante azuzándolo para tornarlo más furioso.

El pobre animal, aturdido por los gritos y gestos de aquellos veinticuatro valientes, se detenía por momentos aspirando el aire y agitando sus orejas para refrescarse, y luego reiniciaba sus cargas tratando de apartar del camino a sus torturadores. Llegado el paroxismo del furor continuaba persiguiendo a todos, berreando espantosamente.

Por fin, agotado, se retiró a uno de los ángulos de la arena dejándose caer de rodillas y lanzando un último berrido.

También él había sido derrotado.

Mientras los satmarivallas recibían de manos del rajá sus premios, consistentes en ropajes de seda y bolsas llenas de rupias, algunos siervos, tras haber refrescado el elefante con baldes de agua helada, lo condujeron fuera del circo.

Después de un breve intervalo durante el cual numerosos pajes suntuosamente vestidos sirvieron a los invitados bebidas, dulces,. helados y tabaco, entraron al circo dos gigantescos hindúes de poderosas musculaturas, untados de aceite de coco y casi desnudos.

En la mano derecha empuñaban un guante lleno de puntas de acero, arma terrible con la que puede darse muerte a un hombre.

Los dos hercúleos, borrachos de bag; esa especie de opio líquido, habían entrado en la arena cantando sus éxitos anteriores.

—Yo soy fuerte como un elefante, derribé a Garvari, el campeón de Masur, y maté de un solo golpe a Gualiguar, el más formidable luchador de Berar..

—Yo soy más sólido que el acero —gritaba el otro—. He derribado a un búfalo frenándolo por los cuernos, y a un toro de un puñetazo. ¿Quién osará enfrentar al terrible Guneri?

Se habían detenido a tres pasos de distancia, con el brazo izquierdo replegado sobre el pecho y la diestra extendida, desafiándose con la mirada.

Mientras se insultaban antes de desgarrarse las carnes, en los palcos y galerías, ministros, oficiales, guardias y damas de honor apostaban furiosamente.

Hasta el mismo rajá jugaba con sus ministros y cortesanos millares de rupias.

De improviso los dos luchadores se atacaron, lanzándose golpes terribles con sus guantes erizados de puntas, capaces de destrozar las costillas de un rinoceronte.

Empero no eran más que fintas para preparar sus miembros.

De tanto en tanto, los guantes se encontraban lanzando chispas.

Los dos gigantes recurrían a todas las tretas conocidas para sorprenderse; con velocidad increíble en hombres tan voluminosos, se agachaban, rozaban el suelo y hacían piruetas en puntas de pie para engañar a su adversario, sin cesar de insultarse mutuamente.

Bir, el más impetuoso, no dejaba un instante de tregua a Guneri y trataba de acorralarlo contra la empalizada. Este, en cambio, se limitaba a parar los golpes, conservando sus fuerzas para el momento decisivo.

De pronto, al retroceder, resbaló sobre un ramo de flores arrojado por una de las damas de la corte. Bir, con la velocidad de un relámpago, le descargó un golpe tan terrible en pleno pecho que las cinco puntas de acero se incrustaron en sus carnes. Otro hombre evidentemente habría caído, y tal vez para no volverse a levantar; Guneri en cambio, con un movimiento rapidísimo esquivó el segundo puñetazo que hubiera debido destrozarle el cráneo, y a su vez asaltó a su enemigo lanzando un aullido de fiera herida.

Su guante cayó sobre la frente del adversario desgarrándola e inundándole de sangre.

Ciegos de ira se habían aferrado mutuamente con el brazo izquierdo, mientras que con el derecho se descargaban golpes tremendos, lacerándose pecho, cintura y piernas.

Todos los espectadores habían saltado de sus asientos, animando con gritos y aplausos a sus favoritos.

De pronto, Bir golpeó contra el suelo como un buey derribado de un mazazo; había recibido un golpe en medio del cráneo y estaba totalmente aturdido.

Guneri, si bien sangraba por diez heridas distintas, alzó la diestra armada del terrible guante y apoyó un pie sobre el cuerpo del adversario.

Mientras cuatro servidores se llevaban el cuerpo inerte de Bir, su adversario se dirigió tambaleándose hacia el palco del rajá para recibir el premio de la victoria: una bolsa de seda conteniendo quinientas rupias, y un vestido rojo.

El espectáculo había terminado.

El rajá se incorporó haciendo con la diestra un amistoso saludo hacia Toby y sus amigos, y volvió hacia el palacio seguido por sus ministros y escoltado por la guardia.

—Conviene que nos retiremos también nosotros —dijo Toby—. Esta noche daremos el gran golpe; triunfaremos o perderemos la vida. ¿Tienes algún plan, Indri?

—Sí; Bandhara dará el golpe mientras nosotros nos ocupamos del rajá. Él se limitará a dormir a los guardianes del Koh-i-noor.

—Apenas dado el golpe, huiremos a toda velocidad.

—Bangavady estará listo, y es un elefante que no se dejará alcanzar por la caballería del rajá. Una vez que hayamos salido del altiplano no tendremos nada que temer; en veinticuatro horas cruzaremos la frontera.

Cuando entraron en el bungalow, encontraron a Dhundia dominado por una verdadera crisis nerviosa. Al verles, les aseguró que había pasado todo el día buscándoles para comunicarles el mensaje del rajá.

—Supongo que habéis matado al rinoceronte que tantas molestias producía en la plantación de tu amigo —dijo a Toby con una ligera ironía en la voz.

169

—Cayó con el primer disparo —contestó imperturbable el cazador—. Le atravesé el cerebro de un balazo.

—Siempre tan buen tirador —murmuró el bribón con una sonrisa burlona jugueteándole en los labios—. ¿Y qué hacemos con la Montaña de Luz?

—Eso será esta noche —explicó Indri—. Estamos invitados por el rajá y aprovecharemos la fiesta para robar el diamante. ¿Vendrás con nosotros o te encargarás de preparar la fuga?

—Será mejor que me ocupe de Bangavady —contestó el traidor tras algunos instantes de reflexión, pensando que así tendría tiempo de avisar a Sitama.

CAPÍTULO 24

Aquella noche el palacio del rajá ardía en luces, y las salas espléndidamente iluminadas por millares de lámparas multicolores estaban repletas de invitados.

Toby, Indri y Bandhara, acomodados en un espléndido diván, con los pies apoyados sobre las pieles de los dos Devoradores de Hombres, conversaban tranquilamente, intercambiando apretones de manos y saludos de los más altos dignatarios del principado, que se afanaban en derredor de ellos para felicitarlos por haberles librado de aquellas dos terribles fieras.

Su tranquilidad era más aparente que real; posiblemente el único que estaba realmente sereno era Bandhara, el antiguo ladrón, que confiaba en su extraordinaria habilidad.

Cuando el rajá apareció, las bayaderas formaron inmediatamente un pintoresco grupo en el centro mismo de la enorme sala, arrancando exclamaciones de admiración en los huéspedes.

La música era tan extraña, dulcísima, lánguida, que hacía estremecer los cuerpos agilísimos y delgados de las bailarinas, invitándolas a la danza.

A un gesto del rajá, que se había sentado familiarmente entre Toby y su amigo, tres muchachas se separaron del grupo de las bayaderas saltando sobre un rico tapete persa extendido en medio de la sala.

Eran tres ram-genye, bailarinas más habilidosas que las mismas bayaderas, pues son las únicas que conocen el baile autóctono hindú llamado natse.

Mientras los músicos apresuraban su ritmo, las tres bailarinas habían comenzado a girar agitando por el aire largos velos azules y haciendo tintinear sus brazaletes y tímbalos con los cuales marcaban el compás.

Cuando la música disminuía en velocidad, parecían abandonarse y se dejaban arrastrar por las notas dulces y lánguidas, girando lentamente sobre sí mismas como si el sonido las sorprendiera. Luego, repentinamente, retomaban el ritmo vertiginoso, mientras sus velos se alzaban por encima de las cabezas formando verdaderas nubes de tul.

Los espectadores gritaban de entusiasmo y el mismo rajá aplaudía contento de poder mostrar la habilidad de sus bailarinas a los cazadores de tigres.

Tras las ram-genye, entraron en el salón doce balok, bailarines muy jóvenes y no menos ágiles que las muchachas.

El rajá, que no pareció muy divertido por aquel baile masculino, se incorporó dirigiéndose a Toby:

—¿Has olvidado lo que me pediste esta mañana, Toby Randall?

—No comprendo, alteza —contestó el cazador.

—Manifestaste el deseo de ver mi Koh-i-noor.

—Es cierto, alteza —dijo el inglés, palideciendo ligeramente.

—Si esta danza no te interesa, sígueme.

—¿Pueden acompañarme también mis amigos?

—Si desean ver la Montaña de Luz, que vengan. Llevarán un recuerdo mío de su estada en Pannah. Mientras caminaban, Toby conversaba con el rajá, en tanto que Indri se acercaba a Bandhara y le hablara a media voz:

—¿Tienes todo?

—Sí, patrón.

—¿Los narcóticos?

—Llevo en mi mano un pequeño frasco.

—¿Y el otro, con el líquido que debe preservarnos?

—Lo tengo en la faja.

—¿Y los pañuelos?

—En mi bolsa. No temas, triunfaremos...

El rajá había comenzado a descender una escalera de mármol rojo en el extremo de la cual montaba guardia un soldado armado de una especie de alabarda, deteniéndose junto a una puerta de bronce.

—Abre —ordenó al guardia— y enciende una antorcha.

El soldado la encendió y abrió la puerta.

Toby y sus camaradas se encontraron en una sala sin ventanas, con paredes, techo y piso de mármol azul, tan sólido que podía desafiar los picos más templados.

Apenas el soldado iluminó la habitación, un resplandor enceguecedor envolvió al rajá, Toby y sus compañeros.

En derredor había vitrinas enormes, con montones de diamantes de todo tamaño que reflejaban la luz proyectada por la antorcha.

Indri, Toby y Bandhara se detuvieron mirando asombrados y con avidez aquellas incalculables riquezas, arrancadas a la tierra durante centenares de años.

Entretanto, el rajá se volvió hacia el soldado, ordenándole:

—Cierra la puerta, y si alguien trata de entrar, mátalo.

—Sí, alteza —contestó el centinela saliendo.

—¡Cuántas riquezas! —murmuró Toby con voz sofocada—. ¿Cuántos millones hay encerrados en estas vitrinas?

—Con toda seguridad unos cuantos —contestó el rajá sonriendo.

—¿Y el Koh-i-noor?

—Ahora lo veremos.

El rajá sacó de su cinturón una pequeña llave de oro y se acercó a un cofre de bronce colocado sobre un gigantesco león del mismo metal.

—Que alguien sostenga la antorcha —dijo, introduciendo la llavecilla en la cerradura del cofre.

El cazador se volvió para alzar la antorcha, cuando sintió que en la mano izquierda le introducían un pañuelo húmedo, mientras la voz de Bandhara le susurraba rápidamente al oído:

—Prepárate a cubrirte la boca y la nariz.

El rajá, entretanto, había abierto el cofrecillo. Al mismo tiempo, mientras estiraba la diestra para tomar el diamante, se esparció el derredor suyo un olor tan agudo, que le hizo toser.

—¿Qué estáis haciendo?

Su mano derecha se dirigió hacia el tarwar curvo, con empuñadura de oro que llevaba en la cintura. Evidentemente intuía el peligro, pero no le quedaba tiempo para evitarlo. Bandhara acababa de arrojar sobre el pavimento una redoma pequeña que mantuviera hasta entonces oculta en la palma de la mano, y su contenido líquido se vaporizaba rápidamente.

Toby y sus dos compañeros se habían cubierto bocas y narices con pañuelos mojados en el contenido de otro frasco, que debía neutralizar los efectos del primero.

—¿Qué haces? —repitió el rajá tambaleándose.

No pudo agregar más. Cerrando los ojos, se desplomó en brazos de Indri como si le hubieran golpeado.

Bandhara, con un salto de tigre, aferró el Koh-i-noor y lo hizo brillar un instante a la luz de la antorcha. El diamante era digno del nombre que llevaba: de su masa surgían reflejos enceguecedores.

Indri depositó en tierra el cuerpo inanimado del rajá, colocó en el cofre de bronce en lugar de la Montaña de Luz el cheque por tres millones pagaderos en Baroda, y luego saltó hacia la puerta, golpeándola fuertemente.

Nadie había pronunciado una palabra y mantenían los pañuelos oprimidos con fuerza contra los rostros. Todos empuñaban sus revólveres.

Oyendo golpear, el centinela abrió de inmediato.

Viendo al rajá por tierra y aquellos tres hombres armados, alzó la alabarda creyendo que habían asesinado a su príncipe, pero el gas que llenaba la habitación lo alcanzó.

Vaciló, tambaleándose, y dejó caer el arma, desplomándose mientras de sus labios escapaba un sordo grito.

El camino estaba libre. Todos, conmovidos, saltaron hacia la escalera donde el olor emanado por aquel líquido misterioso no había llegado aún a difundirse.

—¡Huyamos! —exclamó Bandhara, ocultando el diamante en el interior de la ancha faja que ceñía su cintura.

—¿Y el rajá? —preguntó Toby con voz sofocada—. ¿No corre peligro permaneciendo allí dentro?

—Ninguno, sahib. El narcótico que he utilizado produce tan solo un profundo desmayo que dura dos o tres horas.

—¿Y por dónde saldremos? —dijo el inglés que parecía haber perdido su flema habitual—. Rápido, Bandhara; los cortesanos deben estar inquietos por la ausencia del rajá.

—Yo vi una puerta que debe conducir a los jardines.

El cornac descendió nuevamente la escalera viendo en el extremo del corredor una puerta vitrina.

De un empellón la abrió y se encontraron frente a los soberbios jardines del palacio real, llenos de kioskos de piedra blanca, fuentes que mantenían un fresco delicioso, canteros llenos de rosas de Cachemira, bananeros y laurel hindú.

175

A paso de carrera se dirigieron hacia los muros que rodeaban los jardines y que los separaban de los recintos destinados a los elefantes y caballos del rajá.

Estaban ya por llegar, cuando un hindú que montaba guardia en la fortificación, les cerró el paso bajando la pica que sostenía en las manos.

Toby, que no quería que una alarma prematura sembrara sorpresa en el palacio, de un salto se abalanzó sobre el centinela, aplicándole un puñetazo tan poderoso que lo derribó sin darle tiempo de hacer nada.

—¡A los muros!

La muralla estaba a pocos pasos y tenía dos metros y medio de alto.

Bandhara, que era el más ágil, la pasó fácilmente dejándose caer del otro lado. Con una rápida mirada se aseguró de que no había guardias en las caballerizas.

A ciento cincuenta pasos se delineaba el bungalow y hasta ellos llegó el berrido del gigantesco Bangavady.

Toby y su amigo, dominados por una creciente ansiedad, seguían al antiguo ladrón revólver en mano. Estaban resueltos a todo, hasta abrirse paso con las armas.

Atravesaron un segundo paredón y se encontraron frente al bungalow. Bangavady estaba junto a la escalera, montado por Permati y Poona, los dos criados del cazador y por el pequeño Sadras, mientras que Dhundia exploraba los alrededores montando una fogosa jaca.

Viendo aparecer a Toby y sus camaradas, el bribón se apresuró a acercarse.

—¿Huimos? —preguntó.

—Sí.

—¿Y la Montaña de Luz?

—En nuestras manos.

—¡Imposible! —Dhundia no daba crédito a lo que oía.

—Silencio, partamos inmediatamente —dijo Toby—. Tal vez a estas horas han descubierto el robo.

—¿Hacia dónde vamos? —preguntó el cornac.

—Por ahora, al sur. Descenderemos del altiplano y buscaremos refugio en las riberas del Gondwana.

Indri y Toby subieron precipitadamente sobre Bangavady, que partió al trote dirigiéndose hacia los bastiones meridionales de la ciudad.

—Si podemos atravesar la frontera antes que la alarma sea dada, estás a salvo, y haremos pagar a Parvati su infamia —dijo Toby a su amigo.

Este no contestó, limitándose a estrecharle la diestra, profundamente conmovido.

CAPÍTULO 25

Horas atrás, mientras Toby, Indri y Bandhara se dirigían al palacio del rajá para intentar el golpe decisivo, Dhundia llamó al mayordomo con furibundos golpes de gong.

—Si no quieres perder tu parte en el botín, es necesario que antes de media hora Sitama y Barwani estén aquí, y todos los encantadores y juglares se reúnan, pues esta noche el cazador blanco se apoderará del Koh-i-noor.

—¿Cómo?

—Eso es algo que les concierne a ellos, ni a mí. Lo que yo deseo es que el diamante no escape de mis manos. En esa forma, Parvati triunfará y nosotros ganaremos millones. Vete a advertir a Sitama. Entretanto, yo prepararé a Bangavady y los servidores de Toby.

El mayordomo salió precipitadamente de la habitación.

—Tratemos de no dejarnos sorprender —murmuró el bribón—. Tal vez Permati y Poona han recibido órdenes de vigilarme, y ellos conocen al faquir.

Llamando a los dos montañeses les ordenó que prepararan a Bangavady.

—¿Partimos esta noche? —preguntó Permati.

—Sí, regresamos al bungalow del cazador inglés —contestó Dhundia—. Nuestra misión ha concluido y nada nos queda por hacer en Pannah.

Y agregó para sí:

—Seguramente por aquí vendrán. Vayamos a recibirlos.

Varias veces se volvió para asegurarse que nadie los seguía, y luego fue a apostarse bajo un pequeño pórtico que proyectaba una oscura sombra.

No había transcurrido una hora, cuando hasta sus oídos llegó el galope precipitado de varios caballos. Abandonando el pórtico se dirigió hacia la calle principal.

Tres jinetes se acercaban con el ímpetu de un ciclón.

Al pasar bajo un farol, Dhundia reconoció al mayordomo.

—¡Alto! —dijo cruzándose en el camino de los jinetes.

El faquir y el gigantesco Barwani que seguían al mayordomo, saltaron a tierra.

—¿El Koh-i-noor? —preguntó Sitama acercándose rápidamente.

—A estas horas puede estar en manos de Indri.

—¿Y nosotros?

—Debemos robarlo a nuestra vez..., si es que te interesan las rupias.

—Habla, sahib. Todos mis hombres están listos. ¿Qué debemos hacer?

—Los conducirás más allá del bastión meridional y tenderás una emboscada en el altiplano. En el momento oportuno te apoderarás del Koh-i-noor.

—Sería necesario derribar al elefante para que no nos persigan.

—Le quebraremos las patas —dijo Barwani—. Yo me encargo de eso.

—Indri y Toby no nos dejarían tranquilos de ninguna manera —exclamó Dhundia—. Es necesario inmovilizarlos para tener tiempo y franquear la frontera.

—Por eso advertiremos al rajá y los haremos arrestar.

—Perderán la vida —observó Sitama.

179

—¡Qué nos interesa! A mí me basta con apoderarme del Koh-i-noor.

—Tendremos que librar combate —comentó el faquir.

—No tenemos miedo —agregó Barwani.

—¿Quién se encargará de advertir al príncipe el camino tomado por Toby y los demás?

—Uno de mis hombres.

—Les advertirá después que hayamos dado el golpe —observó Dhundia—. Si los guardias del rajá llegan antes que nosotros no nos apoderaremos nunca del Koh-i-noor.

—Destacaré algunos encantadores en las afueras de la ciudad y a lo largo del altiplano para que hagan señas al hombre encargado de dar aviso al rajá.

—Cuento contigo, Sitama.

—Cuando hayamos dado el golpe, yo huiré con vosotros, cruzaremos las montañas y el Gondwana, para llegar a Jabalpur. Allí venderemos el diamante y repartiremos el botín. ¡Ahora parte! ¡El tiempo urge!

Sitama y Barwani se lanzaron al galope a través de las oscuras calles de la ciudad.

Dhundia hizo desmontar al mayordomo y examinó atentamente al caballo.

—¿Un buen corredor, verdad?

—Tiene sangre árabe en las venas, sahib.

—¿A quién pertenece?

—Al rajá.

—Desde este momento es mío. El príncipe tiene demasiados para necesitar también este. Tú tomarás otro y te unirás a Sitama.

—Precederé al elefante y advertiré vuestra partida, para que haya tiempo de tender la emboscada.

Se dirigieron lentamente hacia el bungalow donde encontraron a Bangavady frente a la escalinata, listo para partir.

Permati y Poona habían montado sobre el elefante, junto al pequeño Sadras.

No habían transcurrido cinco minutos cuando aparecieron Indri, Bandhara y Toby.

Bangavady, excitado por el cornac, se puso en marcha trotando rápidamente, seguido por Dhundia que galopaba cerrando la retirada.

Indri y Toby, conmovidos, no habían cambiado ninguna palabra. En vez de hacerlo escuchaban, esperando oír los gons de alarma resonando en el palacio del rajá.

—Aún no han descubierto el robo —dijo finalmente Toby, mientras Bangavady precipitaba su marcha resoplando y bufando—. Si tardan algunas horas estamos a salvo.

—¡A salvo! No, Toby —contestó Indri con voz quebrada—. Nos cazarán... Hay algo que nos traicionará y no nos dejará pasar inadvertidos.

—¿Qué cosa?

—Tu piel blanca.

—Había previsto tu observación, amigo mío, y por eso traigo junto a las provisiones, ropas para disfrazarnos y tinturas para transformarme. Seremos dos príncipes de Holkar en viaje para Jabalpur, donde cumpliremos con un voto religioso.

Apresuradamente, Toby se incorporó, y abriendo el cofre que le servía de asiento sacó dos espléndidos trajes recamados de oro y plata, y numerosas botellas llenas de tintura y hasta barbas postizas...

—¿Y Bandhara?

—También pensé en él. En cuanto a los demás, no es necesario que cambien de piel, pues los soldados del rajá no los conocen.

El cazador, ayudado por Sadras, se lavó el rostro, el cuello y las manos con la tintura que vertiera en una palangana de plata, esperó que el viento nocturno, muy cálido, lo secara y luego se pegó una soberbia barba que le daba el aspecto de un príncipe montañés. De inmediato se vistió con uno de los lujosos trajes.

Indri le imitó, oscureciendo más aún su piel y se vistió, haciendo luego con sus ropas y las de Bandhara que también se había cambiado, un paquete, que arrojaron en medio de la vegetación.

Acababan de completar su transformación, cuando en lontananza, en dirección de la ciudad, resonaron algunos cañonazos y se oyó vagamente el sonido de las trompas.

—¡El robo ha sido descubierto! —exclamó Indri ansiosamente—. ¡Ah!, el corazón me tiembla...

—Estamos ya a cuatro kilómetros de Pannah, y Bangavady corre como un demonio.

—Pero todavía debemos recorrer otros trescientos kilometros antes de llegar a la frontera.

—Los recorreremos.

—¿Resistirá Bangavady? No puede hacer toda esa distancia en una sola jornada.

—Hay bosquecillos en este altiplano y pequeñas cuchillas, nos ocultaremos cuando no pueda más.

—¡Mira, Toby! Parece que hacen señales...

El cazador se volvió mirando en dirección a Pannah, que ya había casi desaparecido entre las tinieblas.

Centenares de luces de bengala iluminaban el cielo, cruzándose en todas direcciones sobre las torres de las murallas y en las cúpulas de las pagodas ardían gigantescos fuegos. De tanto en tanto resonaba la voz del cañón.

—¿Sabes con quién se comunican los soldados del rajá? —dijo Indri a su amigo.

—Con los hundi de la frontera —contestó Toby, cuya frente se había nublado—. Las guarniciones de esos fortines nos cerrarán el paso. Estoy seguro de que estas señales les ordenan que detengan a todas las personas que traten de entrar o salir del altiplano.

—¿A dónde lleva el camino que estamos recorriendo? —preguntó Toby tras algunos instantes de silencio.

—Al Valle del Senar.

—¿Hay algún hundi en la zona?

—Dos.

—¿Qué hacemos? —se preguntó el inglés perplejo—. Pese a que estamos irreconocibles, me resultaría muy desagradable que los soldados del rajá nos detuvieran.

—Busquemos un escondrijo en medio de los bosques. y esperemos que la vigilancia de la frontera sea menos intensa. Al no encontrarnos, el rajá se convencerá de que hemos conseguido escapar de sus estados.

—Tu consejo es bueno, Indri. Huiremos a mi bungalow que es muy poco conocido, y allí esperaremos a que los soldados lanzados tras nuestras huellas se retiren. En torno a mi propiedad hay bosques muy espesos y podremos encontrar escondite seguro. Mis hombres vigilarán entretanto, y cualquier peligro que corramos, nos avisarán. Más adelante trataremos de atravesar la frontera.

Bangavady no disminuía su velocidad. El inteligente animal había comprendido instintivamente el peligro que corría su amo, y su marcha era un verdadero galope que le abría paso a través de la espesa vegetación. Dhundia lo seguía lo más cerca posible.

Pannah ya había desaparecido en la distancia, pero se oía retumbar el cañón, y su detonación repercutía en los montes lejanos, prolongándose en valles y quebradas.

—Todos los jinetes del rajá deben estar sobre nuestras huellas —dijo Indri, que buscaba en vano ver más allá de la maleza.

—Sí, pero tenemos una ventaja notable —observó Toby—, y además, este suelo ha sido pisoteado por tantos elefantes, caballos y animales salvajes, que con la oscuridad resultará muy difícil seguirnos el rastro, inclusive buscaremos cursos de agua poco profundos y los seguiremos para poder engañar mejor a nuestros perseguidores.

—Patrón —exclamó en ese momento Bandhara—. ¿No oyes nada?

—Frena al elefante. Con el ruido que hace aplastando árboles, no se oye nada.

Bandhara acarició la cabeza del coloso y lanzó un ligero silbido.

Bangavadi disminuyó su velocidad poco a poco, hasta detenerse en lo más espeso de la maleza, jadeando ruidosamente. Dhundia sofrenó también su caballo para darle un respiro.

Más allá del bosque se escuchaba un rumor sordo, semejante al producido por un escuadrón de caballería lanzado a carrera desenfrenada.

—¡Los soldados del rajá! —exclamó Indri, alzando la carabina.

—¡No! ¡Es imposible! —contestó Toby—. No pueden haber recorrido veinticinco kilómetros en veinte minutos.

—Sin embargo, son animales que galopan.

—El rumor se aleja hacia el este —dijo Toby—. ¿Oyes, Indri?

—¡En nuestra dirección!

—Dejemos que corran. Adelante, Bandhara, exige el máximo a nuestro elefante.

Bangavady aspiró ruidosamente el aire y luego reinició su carrera, abatiendo estrepitosamente las plantas que se cruzaban en su camino y derribando las ramas que podían lastimar a sus tripulantes.

Bandhara tenía mucho trabajo en conducir correctamente al coloso que de tanto en tanto se detenía vacilante, como si presintiera algún peligro.

Dhundia aprovechaba el surco abierto por el pasaje del enorme animal, antes de que los arbustos retomaran su posición inicial.

El silencio era profundo, empero Bangavady proseguía dando señales de inquietud.

Azuzado siempre por el cornac, el paquidermo había llegado cerca de la salida de la garganta y tomaba impulso para lanzarse al galope sobre una llanura que se abría frente a él, cuando repentinamente lanzó un fuerte berrido y se desplomó hacia adelante.

Toby, Indri y Sadras y los dos montañeses, proyectados hacia adelante por aquella imprevista caída, rodaron por tierra, mientras Bandhara tras dos vueltas en el aire, se sumergió en un torrente pantanoso hundiéndose hasta el cuello en el barro. Al mismo tiempo, entre la maleza resonó una descarga, Permati y Poona, que se estaban reincorporando, cayeron fulminados por la espalda.

Indri y Toby habían quedado tendidos sin dar señales de vida; en la vegetación surgió un grupo de hombres que silenciosamente se abalanzó sobre las inertes figuras, quitándoles con toda rapidez las ropas. Un grito de triunfo anunció a todos que lo que buscaban había sido encontrado.

—¡El Koh-i-noor! ¡En retirada!

De inmediato, todos se alejaron de la garganta, precedidos por Dhundia que espoleaba furiosamente su caballo.

CAPÍTULO 26

Bandhara había asistido al saqueo sin poder hacer nada para impedir la fuga de los bandidos o, por lo menos, para castigar la traición de Dhundia. De inmediato había reconocido a Sitama y Barwani entre los asaltantes.

Debatiéndose furiosamente y aferrándose de las hierbas que crecían en las márgenes del pantano, consiguió salir del mismo.

Sin preocuparse por Bangavady que lanzaba aterradores berridos, corrió a prestar ayuda a Indri y Toby.

Los halló casi desnudos, en el sitio donde habían caído, y por un instante los creyó muertos.

Pero en seguida vio que los dos hombres no habían recibido ninguna herida, y arrodillándose les auscultó. Sus corazones latían.

Luego se quitó el turbante, corrió hasta el arroyo vecino cuyas aguas de vertientes eran casi heladas, lo llenó y volvió junto a Indri, mojándole el rostro.

Este, sintiendo caer aquella ducha helada sobre él, se estremeció y estornudó ruidosamente.

En aquel momento, una blasfemia resonó a espaldas de ambos. Era Toby, que había vuelto en sí sin tener necesidad de aquella improvisada ducha.

—¡Por mi muerte! —gritó el cazador—. ¿Qué ha ocurrido? ¿Acaso caímos del elefante?

—Nos saquearon, sahib —contestó el cornac con voz lamentable—. ¡El Koh-i-noor está perdido!

—Por mil demonios, ¿qué dices?

—¡El Koh-i-noor! —exclamó una voz destrozada.

Era Indri que había vuelo en sí a tiempo para escuchar las palabras de Bandhara.

—¡Habla, Bandhara! —rugió Toby.

—Dhundia y Sitama lo robaron.

—¡Dhundia! —exclamaron simultáneamente Indri y Toby.

—Sí, estaba de acuerdo con el faquir y sus hombres...

Indri lanzó un alarido de furor y desesperación. Acababa de comprender plenamente su desgracia, y lanzando una mirada perdida en derredor, se incorporó de un salto.

—Yo estoy perdido..., la sentencia se cumplirá irremediablemente…

—No. Las fronteras están cerradas y los ladrones no podrán abandonar fácilmente los estados del rajá. Los seguiremos sin darles un instante de tregua, aunque tengamos que recorrer toda la India. Un día los alcanzaremos y le haremos pagar a Dhundia su miserable traición.

—¿Realmente crees que Dhundia nos vendió?

—Sí, patrón —intervino Bandhara—. Ha huido junto con los encantadores de serpientes, el faquir y Barwani.

—Estaban emboscados en la maleza. Cuando caímos, se precipitaron sobre nosotros, asesinaron a Permati y Poona, robaron el diamante y huyeron.

—¡Mataron a mis servidores! —exclamó Toby con acento dolorido.

—¿Y Sadras?

—¡Sadras! —exclamó Bandhara asombrado por no haber pensado primero en el chico—. No lo he vuelto a ver.

—¿Se habrá matado al caer del hauda? —preguntó Toby—. Busquémoslo, subamos luego sobre Bangavady y vayamos a mi bungalow. Allí tengo fieles servidores que nos ayudarán a recuperar la Montaña de Luz.

—No cuentes con mi elefante —contestó Bandhara tristemente—. Esos tristes berridos indican que su fin está próximo. Debe tener despedazadas las patas anteriores.

—¡Maldición! ¡Todo está contra nosotros!

Se encaminaron hacia el elefante, cuyos trompeteos retumbaban en la garganta. Habían dado algunos pasos cuando Bandhara, que iba al frente, cayó de bruces.

—¡Miserables! —El cornac se incorporó de inmediato—. ¡Esto es lo que ha roto las patas de Bangavady! El faquir hizo colocar un cable de acero a lo ancho de la garganta...

Toby se inclinó apartando la maleza y vio una gruesa cuerda de hilos de acero trenzados.

El elefante, que galopaba velozmente, había chocado contra el obstáculo, rodando por tierra llevado por su impulso. Los bandidos, empero, no habían quedado satisfechos con ello, y para asegurarse que el pobre paquidermo quedara totalmente inutilizado, le habían quebrado a hachazos las patas posteriores.

Bangavady, que perdía sangre a chorros por los miembros mutilados, al ver que Bandhara se acercaba, alzó su trompa como pidiéndole ayuda. Berreaba sordamente y su corpachón se sacudía con vivo temblor.

—Acortemos su agonía —murmuraron Toby e Indri alzando una carabina que cayera del hauda—. ¡Pobre bestia!...

El cazador apuntó el fusil, introduciéndolo en el interior de una de las grandes orejas del paquidermo, y disparó.

Bangavady, con un esfuerzo supremo, alzó la cabeza, lanzando un espantoso berrido, y luego la dejó caer con sordo estruendo, lanzando un torrente de sangre por la trompa... ¡Había muerto!

—¡Pobre amigo! —murmuró Bandhara, acariciando la enorme cabeza.

Toby arrojó con disgusto la carabina y miró en derredor.

—Busquemos a Sadras —dijo—. Algún día vengaremos al elefante.

Los tres hombres comenzaron a observar en torno al elefante, dirigiéndose hasta la orilla del pantano, sin encontrar el cadáver del niño.

—Esta desaparición es bien misteriosa —exclamó Toby—. ¿Estaría el chico de acuerdo con los encantadores?

—No puedo creerlo, sahib —contestó Bandhara—. Ha demostrado ser tan valiente y astuto como un hombre. Si ha desaparecido, estoy seguro de que volverá.

—Más de una vez ha demostrado tener tanto valor como un adulto. ¿Sabía que nos dirigíamos a mi bungalow?

—Sí —contestó Indri—. Estaba con nosotros cuando hablamos de eso.

—En tal caso, no le costará trabajo ubicarlo. Dejemos este lugar, amigo, y vamos a mi casa. No debe estar muy lejos.

—¿Y después? —preguntó Indri con angustia.

—Yo tengo un buen elefante, nos pondremos de inmediato a buscar al faquir y al traidor. Vamos, Indri, aún confío en que mejorará nuestra suerte.

—Sea —contestó el ex favorito del gicowar—. La lucha ha comenzado...

Poniéndose las carabinas en bandolera, echaron una última mirada a Permati, Poona y Bangavady, y salieron de aquel sitio que casi les había costado la vida.

Tras una marcha continua que duró catorce horas, llegaron al bungalow.

Estaban tan agotados que casi no podían tenerse en pie. El mismo Toby, acostumbrado a prolongadas caminatas a través de la selva, parecía a punto de desplomarse.

Sus servidores lo recibieron alegremente, ignorando la desgracia acaecida y el miserable fin de Permati y Poona.

—Descansemos un poco —dijo Toby a Indri—, entretanto mis hombres prepararán todo lo necesario para la persecución. Tengo un buen elefante, caballos de raza, todas las armas necesarias y cinco hombres resueltos a todo.

Tras comer un bocado, se dejaron caer en hamacas suspendidas bajo un gigantesco tamarindo. Después de tantas fatigas necesitaban algunas horas de reposo.

Dormían tranquilamente, mientras los criados preparaban todo para partir, cuando una gritería ensordecedora los despertó.

Toby, sorprendido y muy inquieto, saltó de la hamaca llamando a sus hombres cuyas voces se oían resonar iracundas.

Diez jinetes mandados por un oficial, armados todos ellos con largas carabinas, habían invadido el patio pese a las protestas de los servidores.

El cazador dejó que su mirada paseara sobre los soldados, y simulando una tranquilidad que no tenía, preguntó:

—¿Qué deseáis?

—He recibido orden de arrestarte con tus compañeros en cualquier sitio que te encontrase.

—¿De qué se me acusa?

—De robar el Koh-i-noor.

—Es falso, porque lo pagué en tres millones, un millón más de lo que vale.

—Yo nada sé, sahib. He recibido mis órdenes y las cumplo.

—No ofreceremos resistencia, pero si quieres rescatar la Montaña de Luz, no te detengas un instante.

—¿Qué quieres decir, señor?

—Que el Koh-i-noor, ya no está en nuestras manos, porque nos fue robado esta noche por una banda de dacoitas guiada por un faquir que se llama Sitama.

—¿Quieres engañarme, sahib?

—No, he dicho la verdad. Ya había hecho preparar mi elefante para perseguir a los ladrones. Mis servidores pueden confirmar estas palabras.

—¿Hacia adónde huyeron los dacoitas?

—En dirección a la frontera más cercana.

—Si esperan cruzarla, se engañan —observó el oficial—. Todas las guarniciones de los hudi han sido advertidas y nadie saldrá de los estados del rajá de Pannah sin un permiso especial. ¿Sahib, me juras por tu honor que no tienes más el diamante contigo?

—Sí.

—Te advierto que mintiendo nada ganarías, porque he tomado mis medidas y es imposible huir de aquí. El bungalow está rodeado por otros veinte jinetes.

—Te prometo que no huiremos.

—Dos de mis hombres irán de inmediato hacia Pannah para advertir al rajá de cuanto ha ocurrido.

Un instante después, ambos jinetes salían del jardín espoleando vivamente sus cabalgaduras.

—Dentro de cuatro horas estarán en Pannah —dijo el oficial dirigiéndose a Toby—, yo debo cumplir la orden recibida y arrestar a los tres. De cualquier manera, me bastará vuestra promesa de no intentar huir y me limitaré a mantener centinelas en torno al bungalow.

—En tal caso, podremos comer juntos.

—Gracias, sahib —contestó el oficial—. Es un favor que no puedo rechazar y así podré vigilarte mejor.

—Desearía que antes me dieras una explicación: ¿Quién indicó al rajá dónde podrían encontrarnos?

—Un nativo que se cruzó con nosotros a seis kilómetros de aquí. Viéndonos pasar nos llamó, enviándonos hacia aquí.

—Era una dacoita del faquir —observó Toby—. ¡Qué astutos son estos hombres! Mientras estamos aquí detenidos, cruzarán la frontera.

—No podrán hacerlo, sahib. Todos los pasos están tan custodiados que es imposible atravesarlos. Cuatro mil jinetes recorren a estas horas el altiplano.

Toby se acercó a su amigo que parecía aniquilado y comentó:

—El Koh-i-noor aún no está perdido, y espero que conseguiremos despellejar a esos canallas de Dhundia y el faquir... después veremos.

CAPÍTULO 27

Habían transcurrido siete horas desde que partieran los dos soldados, siete horas de inquietud continua para Toby y su amigo, obligados a permanecer inmóviles, mientras Dhundia y el faquir trataban de cruzar la frontera. Por fin, una hora después de la puesta del sol, oyeron resonar trompetas en lontananza.

Seguidos siempre por el oficial, que se había apresurado a acompañarlos, subieron al mirador desde donde podían dominar un vasto espacio de altiplano.

Hacia el septentrión se veían numerosos puntos brillantes avanzar entre las altas hierbas, distinguiéndose una masa oscura que aumentaba de volumen constantemente.

—¿Quién será? —preguntó Toby.

—Algún personaje importante —contestó el oficial—. ¿Será acaso un ministro del rajá?

El oficial llamó a los dos jinetes que montaban guardia bajo el mirador, y les ordenó que fueran a reconocer la caravana que se acercaba.

Un cuarto de hora más tarde los dos jinetes volvían al galope desenfrenado lanzando agudos gritos.

—¡Comandante! —gritó uno de los dos sofrenando su caballo cubierto de espuma—. Prepárate a recibir al rajá.

Indri y Toby se estremecieron.

—Toby, nuestra cabeza está en peligro —murmuró Indri.

—Trataremos de salvarla. Vayamos a recibir al príncipe con todos los honores.

Descendieron a la planta baja y el inglés hizo iluminar vivamente la casa utilizando candelabros de plata que empleaba en las grandes ocasiones.

En aquel momento, el rajá y su escolta, veinte jinetes de estatura gigantesca, entraban en el patio.

Toby, parado en el primer escalón, esperaba con el sombrero en la mano, con toda la tranquilidad del hombre seguro de su destino.

El rajá desmontó, dejó pasear sus miradas por el bungalow y luego se dirigió hacia Toby, exclamando burlonamente:

—Encantado de volverte a ver, caballero Randall... Tal vez no esperabas mi visita.

—No creía tener el honor de recibir a tan gran príncipe en mi humilde vivienda.

—Y ex propietario de la Montaña de Luz... —agregó el rajá sonriendo.

Toby no consideró oportuno contestar, empero, al ver que el rajá sonreía se sintió más tranquilo.

—No parece muy enojado..., buena señal —pensó. Luego agregó en voz alta—: Permíteme, alteza, que tu prisionero te ofrezca la hospitalidad de su modesta vivienda.

—Es un ofrecimiento que no puedo rechazar, caballero Randall, sobre todo después de una cabalgata tan prolongada.

Y dicho esto, siguió al cazador al salón principal del bungalow y se sentó cómodamente en el diván que el dueño de casa le ofreció.

Toby había permanecido de pie a su lado, mientras Indri y Bandhara se mantenían prudentemente a distancia, en uno de los ángulos oscuros de la habitación.

—Acomódate, caballero Randall —invitó el rajá—, quiero hacerte algunas preguntas. ¿Eres un hombre muy rico?

—¿Yo? No, alteza —exclamó Toby ante la pregunta.

—Sin embargo, me dejaste un cheque de tres millones, cuando la Montaña de Luz está valuada en dos.

—No he sido yo quien firmó el cheque, alteza.

—Efectivamente... Leí el nombre: Indri Sagar.

—Ex ministro del gicowar de Baroda.

Indri al oírse nombrar se inclinó frente al rajá. El soberano de Pannah lo miró con suma curiosidad.

—Entonces, digamos que me compraste el diamante por encargo del gicowar.

—No, alteza. Ha sido por mi cuenta —contestó Indri—, lo necesitaba para no perder el honor.

—Explícate.

—Es una historia un poco larga, alteza.

—No tengo prisa por volver a Pannah. Además, quiero saber si es cierto que el Koh-i-noor te ha sido robado. Si es cierto, dejad que los ladrones corran por ahora. He hecho tomar tales medidas, que no podrán cruzar las fronteras de mi reino.

Mientras los criados llevaban cerveza helada, vino, pipas y cigarros, Indri comenzó a contar sus desventuras, sin omitir nada, interesando tanto al rajá que para no perder una sílaba de este, dejó apagar el perfumado habano que encendiera.

Cuando hubo concluido, el príncipe permaneció algunos instantes en silencio, y luego, extendiendo bruscamente la mano hacia el ex favorito del gicowar de Baroda, le dijo:

—Te perdono la pésima broma que me hiciste al apoderarte del Koh-i-noor. Vine con intención de hacerte cortar la cabeza, pero ya me he tranquilizado. Después de todo no puedo vengarme de dos valientes que libraron a mi tierra de los Devoradores de Hombres que las asolaban, y que, por otra parte, me pagaron un millón más de lo que valía la Montaña de Luz, pudiendo saquear todo mi tesoro. ¡El Koh-i-noor es vuestro! Yo os ayudaré a reconquistarlo.

—¡Ah! ¡Gracias, alteza! —exclamaron Indri y Toby cayendo de rodillas frente, al príncipe.

El rajá batió palmas.

—¿Cuántos hombres has traído? —preguntó al oficial que mandaba el destacamento que montaba guardia junto al bungalow.

—Treinta, alteza.

—¿Alcanzan para dar caza a los ladrones? —preguntó dirigiéndose a Indri y Toby—. Los pongo a vuestra disposición, y espero que rescatéis pronto el Koh-i-noor.

—Alteza —dijo Toby—. ¿Cómo podré agradecerte la generosidad que demuestras?

—¿Cómo? —el rajá se incorporó sonriendo—. Aceptando el premio que destiné a quienes cazaran a los Devoradores de Hombres.

—Hemos renunciado a él.

—¡Por Siva! No se rechazan cien mil rupias.

—¡Pero alteza! —balbuceó Toby—. ¿No eran diez mil?

—Por un solo tigre, pero no por dos. Yo he hecho igualmente un buen negocio. Señores, me alegraré de volveros a ver en Pannah.

—Lo prometemos, alteza.

El rajá estrechó las manos de Toby y su amigo y salió del bungalow, montando a caballo.

—Buena suerte —dijo—. Y si necesitáis más hombres, no olvidéis que tengo seis mil soldados de caballería.

Saludó con la mano y partió al galope, seguido por toda su escolta, dejando a Toby y su amigo estupefactos por aquella generosidad inesperada.

196

—¿Y bien, Indri? —exclamó el cazador riendo.

—¡No creía tener tanta suerte! —gritó el hindú, abrazando al ex suboficial—. Y te lo debo todo a ti, mi fiel amigo.

—¡A la cacería, Indri! Desollaremos al miserable de Dhundia, que tan hábilmente nos engañó, y después haremos sudar frío a Parvati.

Diez minutos después atravesaban la oscura llanura al galope, seguidos por el oficial y el destacamento de caballería.

CAPÍTULO 28

El famoso diamante había pasado a manos de Dhundia, convertido en el jefe de aquella banda de audaces ladrones contratados por Parvati, el primer ministro del gicowar de Baroda y mortal enemigo de Indri.

En una carrera furiosa, Dhundia y el faquir huyeron hacia el sur. Recorridos diez kilómetros, los dacoitas se detuvieron para cambiar ideas sobre la mejor forma de burlar la vigilancia de las guarniciones, en caso de que los hudi hubieran ya recibido la alarma.

El altiplano comenzaba a descender suavemente, interrumpiéndose de tanto en tanto para dar paso a profundas quebradas, en el fondo de las cuales se oían atronar impetuosos torrentes.

Algunos kilómetros más adelante el descenso del altiplano se tornó tan rápido que obligó a los jinetes a sofrenar sus fogosos caballos.

Estaban cerca del Valle del Senar, que no es otra cosa que una inmensa quebrada abierta por el incesante y secular paso de las aguas, que se han labrado un camino de un extremo a otro del altiplano.

Un solo paso comunica el estado de Pannah con el Valle del Gondwana, y es precisamente la carretera estrecha, tortuosa e incómoda que bordea al río.

Antes de introducirse en aquel pasaje, querían asegurarse de que las guarniciones de los fortines no hubieran ocupado ya el camino y las orillas del río, para no correr peligro de dejarse prender.

Barwani, Sitama y Dhundia hicieron ocultar a sus hombres entre unos bananeros, y se adelantaron solos.

Habían recorrido algunos centenares de pasos, cuando una blasfemia escapó de labios de Barwani:

—¡Demasiado tarde! —gruñó—. Nos han cerrado el camino.

En el fondo del Valle se veían dos hogueras gigantescas que iluminaban ambas orillas del río, y numerosos hombres con inmensos turbantes y largos fusiles se movían a la luz de las llamas.

—¡Soldados de caballería! —murmuró Sitama—. ¡Maldición!

—No importa —exclamó Dhundia—. El diamante está en nuestras manos; poco nos queda ahora por hacer.

—¿Crees, sahib, que las guarniciones de las fronteras ya han sido advertidas? —inquirió Sitama.

—Estoy seguro. Cuando dejamos Pannah vi fuegos encendidos en los bastiones y en las pagodas, a los que contestaron con señales luminosas desde los cuatro puntos cardinales. Dime, ¿cuántos fortines hay?

—Cuatro.

—¿Con muchos hombres?

—Sí, porque la mayor parte de las tropas del rajá custodian la frontera.

—¿No se podría intentar el paso por aquí?

—Es imposible, sahib —dijo Barwani—, el altiplano cae casi a pico por otros mil quinientos metros y ningún caballo podría realizar un descenso semejante.

—Se podría realizar el pasaje durante la noche —manifestó Sitama.

—¿Y perder un día entero? No creeréis vosotros que Indri y Toby permanecerán inactivos...

—No te inquietes por eso, sahib —contestó Barwani—. A estas horas deben haber sido arrestados; yo dejé tras de nosotros algunos hombres con la misión de señalar a los soldados del rajá el camino seguido por los ladrones del Koh-i-noor.

—Has tenido una idea admirable —dijo Dhundia—. Entre tanto, nosotros viajaremos sin que nadie nos moleste. Os podré conducir fácilmente hasta Jabalpur, donde venderemos la Montaña de Luz.

—¿Cómo conoces este país, sahib?

—Mi tribu es oriunda de estas montañas, y en caso de que seamos perseguidos, sabré encontrar refugios inaccesibles y, además, hombres capaces de defenderme. Partamos, antes de que amanezca.

Se incorporaron y montaron a caballo, imitados por toda la banda de dacoitas.

—¿Cuál será nuestro próximo movimiento? —inquirió Dhundia que se mordía los bigotes.

—Es imposible pasar —observó Barwani. —¡Pero no podemos quedarnos aquí!

—Esperemos que sea de noche —dijo Sitama—. Abandonaremos los caballos y trataremos de vadear el río. ¿Sabes nadar, sahib?

—Sí, pero me repugna perder una jornada íntegra. Nadie puede prever lo que ocurrirá en doce horas.

—Buscaremos refugio en un sitio seguro. Cerca de aquí hay una antigua tumba, un monumento funerario alzado en memoria de una princesa hindú —dijo Sitama.

—Vamos a buscarla —resolvió Dhundia—. Los jinetes del rajá pueden llegar de un momento a otro.

—Sígueme, sahib. El asilo que te ofrezco no será muy alegre, pero es seguro...

Comenzaba a alborear cuando el grupo de hombres llegó frente a una soberbia construcción con cúpulas de mármol blanco y torres, circundada por una maciza muralla en perfecto estado de conservación.

Penetraron por una puerta monumental tras haber roto el candado que ya estaba corroído por la herrumbre, y desmontaron, atando los caballos a los árboles que rodeaban la tumba.

El interior del mausoleo era de forma perfectamente circular, cubierto por una cúpula altísima, adornada con pinturas y mosaicos, en medio de la cual había un sarcófago de mármol negro, sostenido por cuatro columnas que indudablemente contenía los restos de la Rani.

—En caso de ataque puede servirnos de fortaleza, pues bastaría barricar la puerta y defender la muralla —comentó Sitama.

Como habían llevado con ellos las provisiones robadas en el hauda de Bangavady, comieron y luego buscaron un sitio donde reposar, mientras algunos de los dacoitas salían para recorrer los alrededores en forma tal de evitar una sorpresa por parte de las tropas del rajá.

El resto de la jornada transcurrió con toda tranquilidad; al atardecer llegaron los bandoleros que quedaran de guardia junto a Toby y sus amigos, con la noticia de que el cazador y sus compañeros habían sido arrestados por las tropas del rajá.

—Por ahora podemos vivir tranquilos —dijo Dhundia—. Indri y Toby tendrán bastante trabajo para convencer al rajá de su inocencia.

—Entretanto, nosotros viajaremos hacia el Gondwana sin que nadie nos moleste —agregó Sitama—. Soy de opinión que conviene permanecer aquí hasta que la frontera deje de ser vigilada.

—De acuerdo —contestó Dhundia—. No tenemos prisa por vender el Koh-i-noor.

La noche había casi transcurrido, cuando Dhundia, Sitama y Barwani fueron despertados de improviso por algunos disparos de fusil.

—¡A las armas! ¡Los soldados del rajá!

Eran las voces de los centinelas gritando alarmados.

—¿Están muy lejos? —preguntó Sitama.

—A un kilómetro de distancia.

—Huyamos —dijo Dhundia.

—¿Huir? ¿Y adónde? —le preguntó Barwani—. Aquí por lo menos estamos a cubierto de sus balas. En la llanura no podemos resistir.

—Si nos quedamos aquí, perderemos la vida y con ella el Koh-i-noor. ¡Ah! ¡Si pudiésemos llegar al Gondwana!

—¿Qué harías, sahib?

—Reuniría cuatrocientos o quinientos montañeses y regresaría en son de guerra.

—Uno o dos hombres, con un poco de astucia, podrían atravesar el paso. ¿Quieres probar, sahib?

—¿Y el Koh-i-noor?

—No tengas miedo, sahib, porque si viese que todo estaba perdido, me haría sepultar vivo con la Montaña de Luz.

Dhundia lanzó al faquir una viva mirada.

—Si consigo atravesar el paso, dentro de doce o quince horas estaré aquí con los montañeses.

—Y yo me dejaré sepultar vivo para que el diamante no me sea arrebatado.

—¿Dónde? Quiero saberlo antes de partir.

—Bajo el tamarindo que está frente a la torre del Levante.

—¡Júrame que no te harás capturar!

—Por Siva...

—Bien, préstame un hombre de confianza que conozca los caminos.

Sitama buscó entre sus encantadores de serpientes un sujeto alto y espantosamente delgado.

—Tú conducirás al sahib más allá de la frontera —le dijo—. En tus manos queda nuestra salvación.

—¿Resistiréis hasta mi regreso? —preguntó Dhundia.

—Así lo espero —contestó Sitama.

—¿Y no cederás el Koh-i-noor?

—Vale más que nuestra libertad.

—Entonces, hasta la vista.

Dhundia y el bandido montaron a caballo y se lanzaron fuera de la muralla al galope furioso. Se oyeron algunos disparos y los cascos de los caballos se escucharon cada vez más débilmente, encaminándose hacia el Valle del Senar.

—¡A las armas! —ordenó Barwani cuando ya calculó que los fugitivos estaban suficientemente lejos—. Los muros son macizos y podremos resistir bien.

En aquel momento, una descarga quebró el silencio del amanecer y las balas silbaron por encima de las murallas ocupadas por los bandoleros.

Barwani lanzó un alarido iracundo; a la luz de los fogonazos había reconocido a Indri, Toby y Bandhara junto a los soldados del rajá.

El destacamento de caballería se dispersó casi de inmediato por la llanura, formando un amplio círculo que tornaba imposible la fuga de los sitiados. .

Los soldados hicieron acostar a sus caballos entre las altas hierbas para parapetarse tras de sus cuerpos, tendiendo las carabinas apoyadas sobre las monturas.

Sitama y Barwani, al advertir a sus enemigos a la cabeza de aquellos jinetes, habían quedado como fulminados. ¿Cómo era posible que esos hombres estuvieran libres en lugar de hallar-

203

se encerrados en Pannah, a punto de perder sus cabezas bajo la cimitarra del verdugo?

—¡Es imposible que el rajá los haya perdonado! —exclamó Barwani.

—Sin embargo, esos jinetes son soldados de Pannah —contestó Sitama—. Los conozco demasiado bien para engañarme.

—La fuga nos será imposible, Barwani.

—¡Presos! ¡Ahora que tenemos en nuestras manos el Koh-i-noor! ¡No puedo resignarme!

—Nunca recuperarán la Montaña de Luz. Antes de eso me haré sepultar vivo llevándome el diamante. Desaparecido yo, Indri y Toby creerán que conseguí huir con la piedra preciosa de luz, y no se ensañarán contigo. Tú puedes contarles lo que te parezca. Haz preparar la fosa —agregó Sitama—. Los soldados pueden atacar la tumba de un momento a otro y faltará tiempo para enterrarme.

—¿Cuánto tiempo podrás resistir?

—Hasta cuarenta días.

—¿Estás seguro de resucitar?

—Ya hice esta prueba dos veces, y como ves, sigo vivo —contestó—. ¿Sabes qué es lo que debes hacer?

—Lo sé, Sitama. Ya una vez ayudé a un faquir... Pero antes, dame tus últimas instrucciones.

—Resistirás todo lo posible el ataque de los hombres del rajá, para esperar los socorros prometidos por Dhundia. No perdamos tiempo.

El faquir entró en el mausoleo iluminado por la luna, arrancó un pesado tapiz que cubría una de las paredes y lo extendió en el suelo.

—Ahora probemos la elasticidad de nuestra lengua —se dijo, acostándose sobre el tapiz y sacando de su turbante una tira de tela finísima y larga, comenzó a masticar y la tragó, conservando uno de los extremos entre sus dientes.

Cuando le pareció que la tira había llegado al fondo de su estómago, la retiró rápidamente para tragarla por segunda y tercera vez.

Repetida varias veces aquella extraña operación, hizo la prueba de doblar la lengua en forma tal que la punta obturase la laringe. Satisfecho por el resultado obtenido, se quitó parte de las ropas y volvió a acostarse de espaldas, conservando los ojos clavados en la punta de la nariz, a la espera de que se produjera la catalepsia magnética.

Así permaneció algunos minutos, conteniendo la respiración hasta que repentinamente pareció desvanecerse.

Sus ojos se cerraron y sus miembros adquirieron la rigidez cadavérica.

Cualquiera que hubiese visto al faquir hubiera creído que estaba muerto, porque su pecho ya no se agitaba ni de sus labios salía el menor aliento.

Acababa de ocurrir esto, cuando Barwani entró seguido por cuatro bandidos.

Por un instante miró atentamente al faquir, le pasó una mano sobre la nariz para asegurarse que no respiraba, y luego con un poco de cera le obturó los orificios nasales cuidadosamente.

—Podemos sepultarlo —dijo—. La Montaña de Luz está oculta bajo su faja.

Anudó en cuatro el tapiz por encima del cuerpo de Sitama y luego hizo una señal a sus hombres, que alzaron cuidadosamente al faquir y lo transportaron hasta la fosa abierta bajo la sombra del tamarindo vecino a la torre.

El cuerpo fue descendido cuidadosamente, cubierto por un nuevo tapiz y numerosas ramas entrecruzadas para que la tierra no pesase demasiado, y luego la fosa fue totalmente cubierta, nivelándose el terreno para que no quedaran trazas de la misma.

Hecho esto, Barwani empuñó la carabina, diciendo a sus hombres:

—Y ahora, demos batalla a los soldados.

CAPÍTULO 29

Parece que los faquires han llegado a dominar el secreto del hipnotismo hasta tal punto que pueden caer en estado cataléptico por propia voluntad, despertando cuando les place.

Naturalmente, antes de alcanzar tamaño grado de perfección, deben ejercitarse durante largos años.

Y así hay algunos que permanecen enterrados cuarenta días: sin embargo, no mueren. Cuando son liberados de su voluntaria prisión subterránea, tienen el aspecto de verdaderos cadáveres, o mejor dicho, de momias. Inmediatamente, los ayudantes les bañan en agua caliente, les friccionan con vigor y colocan sobre sus frentes cataplasmas de harina de maíz.

Hecho esto, le quitan la cera de los orificios nasales, les abren forzadamente la boca para que la lengua no cierre más la laringe, le introducen manteca para restituirle su contextura blanda, y les hacen masajes en los párpados con grasa tibia.

Minutos después, los faquires dan señales de vida. Sus miembros pierden la rigidez, el pulso vuelve a hacerse notar, los ojos se abren y la vida retorna tras cuatro o cinco semanas de haber estado suspendida.

Barwani, una vez sepultado el faquir, tomó las primeras medidas para rechazar el ataque que de un momento a otro realizarían las tropas del rajá.

Bajo sus órdenes tenía veinticinco bribones que habían desafiado numerosas veces la muerte y sabían manejar los fusiles con rara habilidad, pese a que no podían competir con los montañeses del rajá, que eran extraordinarios tiradores.

—No hagáis fuego hasta que dé la orden —exclamó Barwani—. Trataremos de sorprender a nuestros enemigos.

Se dispusieron en una larga columna, llevando entre los dientes el tarwar de hoja larga y curva, armaron las carabinas y se dejaron deslizar silenciosamente más allá de la barricada que obstruía la puerta.

Luego, los dacoitas se deslizaron entre las altas hierbas avanzando hacia los primeros soldados que se encontraban a trescientos metros de la puerta.

Habían recorrido parte de esa distancia y estaban a punto de incorporarse para atacar, cuando oyeron relinchos agudos. ¿Los caballos de los soldados los habían olfateado? Era probable, porque en un momento aquellos animales se habían incorporado nerviosamente. Un grito resonó entre los soldados:

—¡El enemigo!

Reuniéndose en dos columnas con fulminante rapidez, los hombres del rajá montaron desenvainando sus largas cimitarras y cargaron contra los enemigos.

Los dacoitas también se habían incorporado apuntando con sus fusiles.

—¡Fuego! —rugió Barwani.

Una descarga cerrada le respondió, pero fue la primera y la última.

Los jinetes del rajá, sin preocuparse por sus pérdidas, cayeron sobre los hombres de Barwani sableándolos sin misericordia.

Los dacoitas, sorprendidos e impotentes para hacer frente a aquel huracán que les devoraba, pese a los gritos de Barwani, regresaron a la carrera hacia la tumba de la Rami, dejando caídos a cinco de sus compañeros.

Cuando salió el sol, la posición de los asediados no había cambiado. Los sitiadores, en cambio, se habían retirado mil metros para ponerse fuera del alcance de las carabinas enemigas.

—¿Qué esperan para atacarnos? —se preguntó Barwani cuya inquietud aumentaba.

En aquel momento, hacia el Valle del Senar, se oyeron resonar trompetas.

Subiendo a una de las torres, el gigante miró en dirección al Valle.

No se había engañado.

Un fuerte escuadrón de soldados de caballería, precedido por una pieza de artillería, atravesaba el altiplano.

—Tratemos de prolongar la resistencia —murmuró el bribón.

La reunión entre los hombres que acompañaban a Toby y la guarnición del hudi ya se había realizado, y el cañón fue puesto en posición frente a la barricada. Un soldado que llevaba una bandera blanca colgando de su carabina avanzó hacia la tumba.

Barwani, viéndolo, sonrió con la expresión de un tigre.

—Viene para pedirnos que nos rindamos —se dijo—. Ya conozco el destino que espera a los dacoitas cuando caen prisioneros…

Alzó su carabina, se acomodó para apuntar mejor, y apretó el disparador.

El parlamentario cayó con la cabeza destrozada.

Al tiro de fusil respondió inmediatamente un cañonazo y una granada cayó sobre la muralla, poniendo en fuga a los dacoitas allí apostados.

Un segundo y luego un tercer proyectil cayeron frente a la puerta, arruinando los relieves y rajando las piedras que lo formaban.

Removido el obstáculo que presentaba la barricada, cuarenta jinetes se lanzaron valerosamente al ataque, haciendo brillar sus cimitarras, mientras sus camaradas descargaban los rifles contra la parte superior del muro, para impedir que los asediados pudieran volver a sus posiciones.

Los dacoitas se retiraron precipitadamente hasta la escalinata del mausoleo tras las estatuas de granito rojo y abrieron fuego tan violentamente, que frenaron el ímpetu de los atacantes, al frente de los cuales galopaban Indri y Toby.

Hechas dos descargas, los bandidos buscaron refugio en el interior del sepulcro, cerrando cuidadosamente la puerta de bronce.

Toby y sus camaradas contestaron vigorosamente, pero con escaso resultado, pues los dacoitas se cuidaban bien de ofrecer blanco alguno.

Tan solo las balas del cazador conseguían derribar de tanto en tanto alguna cabeza que se asomaba demasiado.

—¡Cien rupias a quien coloque un petardo en la puerta! —gritó Indri.

Un hombre tomó la bomba y corrió resueltamente a través del patio, pero no había hecho más de diez pasos, cuando una decena de balas lo acribilló.

Otro hizo la prueba con idéntico resultado.

—¡Por mi muerte! —gritó Toby, furioso—. ¡Ahora me toca a mí!

Estaba por correr, cuando Bandhara le detuvo.

—Déjame a mí, sahib...

Cerca suyo estaba el cadáver de un dacoita que cayera al estallar una de las granadas.

Lo alzó, estrechándolo con fuerza para cubrirse con él, y corrió hacia adelante. Sin detener su carrera recogió el petardo, trepó por los escalones salvándose milagrosamente de las descargas que le hacían los dacoitas y se dejó caer entre las patas de un colosal león de granito.

Colocó el petardo frente a la puerta y encendió la mecha, refugiándose tras una de las torres para no exponerse a las descargas de los asediados.

—¡Me gané las cien rupias! —gritó sonriendo.

—¡Listos para el ataque! —ordenó el oficial a sus hombres.

Su voz fue sofocada por un formidable estallido y la puerta de bronce cayó estrepitosamente al interior del mausoleo.

Los cuarenta soldados, sin preocuparse por las descargas de los enemigos, se lanzaron adelante, cimitarra en mano.

Tras derribar a sablazos a los que trataron de resistir en la puerta, se abalanzaron contra el grueso de las diezmadas fuerzas enemigas, que se habían refugiado tras el sarcófago de la Rani.

Barwani, encolerizado, aferró su carabina por el caño y comenzó a derribar enemigos con terribles golpes.

Los demás, en cambio, ofrecieron escasa resistencia, y pocos minutos después, quedaba tan solo Barwani en pie, el cual, con el cuerpo cubierto de sangre, combatía aún, rodeado por una pila de cadáveres.

—¡Ríndete! —le ordenó Toby apuntándole con su rifle.

—Esta es mi respuesta —aulló el gigante, cargando contra el cazador.

Pero el oficial del rajá le descargó sus dos últimas balas en el pecho.

Barwani soltó entonces la carabina y se llevó las manos a las heridas, cayendo de rodillas, con un rugido de tigre moribundo.

—¿Dónde está Dhundia? —gritó Toby, sacudiéndolo.

—Dhundia —balbuceó el gigante mientras sus ojos se encendían con una llama de odio—, huyó..., garganta... del Senar.

Una bocanada de sangre escapó por su boca, sofocándolo, y se desplomó para no volver a incorporarse.

CAPÍTULO 30

Toby, Indri y Bandhara, tras haber constatado con estupor e inquietud que entre los muertos no estaban ni Dhundia ni el faquir, comenzaron a revisar el sepulcro, suponiendo que habían buscado refugio en alguna de las torres, mientras los soldados trataban de hallar el Koh-i-noor entre los cadáveres.

Naturalmente no aparecieron ni los fugitivos ni el famoso diamante. ¿Quién hubiera podido imaginar que el faquir y la joya estaban enterrados bajo la sombra del tamarindo?

—¿Dónde se habrán refugiado estos malditos? —exclamó Toby mirando en torno—. ¿Qué te parece, Indri?

—Creo que esta vez he perdido para siempre la Montaña de Luz —repuso el ex favorito del gicowar de Baroda.

—¿Qué querrían decir las últimas palabras de Barwani? Habló de Dhundia y del Senar... —terció el oficial del rajá.

—También yo pensaba en eso —dijo el inglés, pero un disparo que resonó sobre la muralla le interrumpió.

—¿Quién hizo fuego? —preguntó Indri.

—Uno de nuestros centinelas —contestó el oficial.

Todos salieron fuera del edificio, mientras los soldados cargaban precipitadamente sus fusiles.

Un centinela que montaba guardia en la parte exterior de la fortificación había disparado derribando un caballo que se sacudía entré las altas hierbas.

—¿Contra quién disparaste?

—Contra un muchacho que se negó a detenerse cuando di la voz de alto.

—¡Un muchacho! —exclamaron simultáneamente el cazador y su amigo, mirándose—. ¡Sadras!

Las hierbas se apartaron violentamente y el chico apareció, lanzando un grito de alegría:

—¡Sahib!... ¡Patrón!...

—¿De dónde vienes? —preguntó Toby abrazándolo.

—Sahib, Dhundia está por llegar y trae muchos hombres.

—¡Ese miserable!

—Lo he seguido... Rápido... Vamos tras la muralla.

—Habla, Sadras —exclamó Bandhara—. Te creíamos muerto. ¿Por qué nos abandonaste?

—Para seguir las huellas de los ladrones del diamante —contestó el valiente niño—. Llegué hasta el Valle del Senar, a tiempo para ver cómo Dhundia huía, entrando en el Gondwana... Allí ha reunido numerosos montañeses que trae de vuelta hacia aquí.

—¿Y por qué regresa al altiplano? —preguntó Toby.

—Yo lo adivino —dijo Indri—. Para liberar a los dacoitas sitiados por nosotros.

—Entonces debe haber huido cuando estábamos por asediar la tumba.

—Sí, sahib —exclamó Sadras—. En el momento en que salió de aquí yo oí resonar vuestras trompetas.

—¿Viste al faquir junto a Dhundia? —preguntó Indri.

—No, sahib, le acompañaba un dacoita, pero no era Sitama.

—Dime, pequeño, ¿cuántos hombres trae ese canalla?

—Unos cuarenta.

—Todo el mundo a caballo —ordenó Toby—. Listos para rodear a los aliados de Dhundia. Si no se rinden, les presentaremos batalla.

Mientras los soldados montaban, manteniéndose ocultos tras del paredón, Toby y sus amigos subieron a una de las torrecillas desde donde se dominaba una vasta extensión del altiplano.

Acababan de llegar, cuando vieron aparecer en el valle el grupo de jinetes comandados por Dhundia.

—¿Crees que el Koh-i-noor estará con ellos? —preguntó Indri.

—Tengo mis dudas. Si Dhundia poseyera el diamante, no habría regresado. Ese hombre es tan canalla que no vacilaría en traicionar a sus aliados.

—¿Lo tendrá Sitama?

—¡Ah! Olvidaba al faquir... ¿Dónde se habrá ocultado ese bribón?

Mientras cambiaban estas palabras, los montañeses llegaban al galope, precedidos por el socio de Sitama.

A quinientos metros de distancia detuvieron su marcha. Probablemente Dhundia no se sentía muy seguro a causa del silencio reinante en la tumba de la Rani, cuando hubiera creído encontrarla asediada por las tropas.

—Bajemos antes que ese bribón se resuelva a huir —dijo Toby.

—¡Al ataque! —aulló el inglés.

Los sesenta jinetes, divididos en dos escuadrones, salieron de la muralla al galope desenfrenado, lanzando aullidos salvajes y haciendo brillar al sol sus agudas cimitarras.

Viendo caer sobre ellos aquellos dos escuadrones, los montañeses se detuvieron, preparando las armas; luego, tras breve duda, volvieron grupas huyendo precipitadamente hacia el valle.

Dhundia había sido el primero en dar el ejemplo, pues acababa de reconocer a Indri, Toby y Bandhara.

—Dejad huir a los otros —gritó el cazador furioso—. ¡Ocupémonos de ese canalla!

Los montañeses se habían dispersado por el altiplano tomando distintas direcciones, por lo que Dhundia quedó pronto solo.

El traidor galopaba hacia el valle, con la esperanza de llegar a la frontera, pero Toby, Indri y Bandhara, que estaban mejor montados, ganaban rápidamente distancia.

—¡Alto, canalla! —rugió Toby—. ¡Alto, que te mato!

Dhundia volvió la cabeza, espoleando su caballo hasta sacarle sangre.

—¡Detente! —repitió el inglés.

Dicho esto, sofrenó su caballo y de un salto desmontó, carabina en mano.

Indri y Bandhara siguieron la carrera acompañados por ocho o diez soldados.

Toby se arrodilló y apuntó cuidadosamente.

Por fin disparó. El caballo herido en la base de la columna vertebral, rodó bruscamente lanzando un sordo relincho.

Antes de que Dhundia hubiera podido incorporarse, Indri se abalanzó sobre él apuntándole con su carabina.

—¡Ríndete, miserable! —le gritó, mientras Bandhara y los soldados lo rodeaban listos para abatirlo.

—Perdón, Indri —balbuceó el canalla, pálido y con los ojos desorbitados—. No me mates.

—¿Dónde está el Koh-i-noor?

—Robado, Indri. Robado por Sitama.

—¡Mientes, canalla! —gritó Toby que llegaba al galope—. Lo sabemos todo.

Dhundia hizo un gesto que no pasó inadvertido.

—¿Habéis desenterrado a Sitama? —preguntó.

Toby, Indri y Bandhara condujeron a Dhundia al comprender aquellas palabras.

—Atadlo y volvamos a la tumba —ordenó el cazadora los soldados.

215

Toby, Indri y Bandhara condujeron a Dhundia al interior del mausoleo y haciéndolo sentar, preguntó el primero:

—Si quieres salvar la vida, explícate. ¿Dónde está el Koh-i-noor?

—Si habéis desenterrado a Sitama, es inútil que os diga donde se encuentra.

—¿Qué quieres decir con estas palabras?

Dhundia miró a Indri y a Toby estupefacto; luego un feroz relámpago le iluminó el rostro.

—¡Ah! ¡Estúpido de mí, estaba por traicionarme! ¡Quiere decir que no habéis encontrado a Sitama! En tal caso, yo moriré, pero tú, Indri, te convertirás en un paria, porque la Montaña de Luz no volverá a tus manos.

—¿Tanto me odias?

—Sí, te odio porque he perdido el Koi-i-noor y perderé también la vida, pero Parvati me vengará

—¡Parvati! —gritó Indri—. ¡Quieres decir que estabas de acuerdo con él para perderme!

El miserable no contestó. Tal vez había advertido que sus palabras iban demasiado lejos.

Toby se volvió hacia los dos soldados que montaban guardia en la puerta, y les dijo:

—Cavad una fosa en el patio; vamos a fusilar este hombre.

—¡Piedad! —balbuceó— ¡No quiero morir! —aulló el canalla fuera de sí—. Hablaré...

—¿Te resuelves?

—Sí, pero con una condición.

—¿Cuál?

—Que me llevéis a Baroda para que me juzgue el gicowar.

—De acuerdo —dijo Indri.

—El Koh-i-noor está en las ropas del faquir, que ha sido sepultado bajo la sombra del tamarindo que está frente a la torre del levante.

—¿Ha muerto Sitama? —preguntó Toby.

—No, sigue con vida.

Desatando a Dhundia lo obligaron a caminar hasta el tamarindo. Bandhara observó atentamente el terreno y descubrió la ubicación de la fosa.

—Debe estar sepultado aquí —dijo—. La tierra ha sido movida y luego apisonada.

—Excavad —ordenó Toby a los soldados—. Pero cuidad de no herirlo porque quiero tenerlo con vida.

Los soldados apartaron la tierra con toda precaución, hasta dejar al descubierto el grupo de ramas entrelazadas que cubrían al faquir.

El faquir parecía muerto, su cuerpo totalmente rígido. Pero como hacía menos de catorce horas que lo sepultaran, aún no había perdido su tinte bronceado, y todavía conservaba algo de calor en sus miembros.

Con todo cuidado fue sacado de la fosa y desvestido totalmente. Al quitarle la larga faja que le ceñía los flancos, el diamante cayó al suelo brillando vivamente bajo los rayos del sol.

—¡He aquí mi salvación! —gritó Indri alzándolo de inmediato.

Luego se precipitó en brazos de Toby y de Bandhara, estrechándolos.

—Amigos... —dijo con voz quebrada por la emoción—, gracias. Ya no me convertiré en un paria.

Mientras tanto, dos soldados masajearon vigorosamente el cuerpo rígido del faquir.

Y no habían transcurrido cinco minutos, cuando Sitama lanzó un profundo suspiro. Permaneció algunos instantes inmóvil, para alzarse luego bruscamente echando en derredor una mirada perdida.

Había visto a los soldados, junto a ellos a Indri, Toby, Bandhara y a su cómplice Dhundia.

—¿Dónde estoy? —preguntó débilmente.

—En nuestras manos —contestó Toby con acento burlón—. Una sorpresa desagradable, ¿verdad?

Sitama miró a Dhundia con ojos que destilaban veneno.

—¡Miserable! ¡Me has traicionado!

—Mejor dicho, estamos todos perdidos... —contestó Dhundia—. También yo soy prisionero y no sé si salvaré el pellejo.

—¿Y Barwani?

—Muerto —contestó Toby, y ordenó a continuación:

—¡Atad bien a estos dos bribones y regresemos a Pannah, nuestra misión ha terminado!

CAPÍTULO 31

Los soldados de los fortines fronterizos se ocuparon de enterrar a los muertos, que comenzaban a corromperse a causa del intenso calor. Entre tanto Toby, Indri, Bandhara, los dos prisioneros y el destacamento de caballería del rajá regresaron a Pannah.

Dhundia y Sitama, taciturnos y silenciosos, fueron colocados en medio de la escolta para impedirles la fuga. Para mayor seguridad habían sido atados sólidamente a sus monturas.

Cuatro horas más tarde entraron en la ciudad encaminándose hacia el palacio real.

El rajá, advertido del regreso, les aguardaba en la sala de audiencias rodeado por sus ministros.

—Me alegro de veros regresar victoriosos —dijo a modo de saludo—. Hubiera lamentado profundamente que el Koh-i-noor hubiese permanecido en poder de estos bribones.

—Nadie nos lo disputará, alteza —contestó Toby—. Los dacoitas han sido destruidos, salvo dos.

—Yo me encargaré de castigarlos como merecen —afirmó el príncipe—. Y quiero agregar que me habéis hecho un favor extraordinario al desembarazar mis tierras de semejantes bandoleros que desde hacía muchos años venían asolándolas.

—Dejaremos uno solo, alteza, porque hemos prometido al otro hacerlo juzgar por el gicowar de Baroda.

—¿Cuándo pensáis partir, amigos?

—Mañana por la mañana —contestó Indri—. Tenemos prisa por regresar a Baroda.

—Está bien. Mis soldados los escoltarán hasta la frontera.

El rajá llamó a su primer ministro y le dio algunas órdenes en voz baja.

Inmediatamente se incorporó y tomó un cofrecillo de oro que el ministro le alcanzara; abriéndolo sacó dos anillos adornados por diamantes tan gruesos como nueces y de un brillo maravilloso.

—Los conservaréis como recuerdo mío —dijo— y mañana os entregarán las cien mil rupias que instituí como premio a quien matara a los dos tigres.

Dicho esto, estrechó las manos a ambos y se incorporó, diciendo:

—No olvidéis: os considero como verdaderos amigos...

Al día siguiente fueron despertados por los berridos que resonaban bajo las ventanas del bungalow.

Un soberbio elefante, regalo del rajá y totalmente enjaezado, aguardaba frente a la escalinata, rodeado por la escolta de soldados de caballería.

Cuando salieron encontraron a Dhundia en el interior del hauda custodiado por Sadras y Bandhara. El bellaco estaba tan fuertemente atado, que no podía casi moverse.

—Partamos, sahib —dijo el oficial que mandaba la escolta dirigiéndose a Toby.

—Gracias, amigo; te recompensaremos por tus valerosos servicios.

Treparon al hauda, sentándose sobre almohadones de terciopelo, mientras Bandhara retomaba sus funciones de cornac ayudado por un servidor del rajá que conocía el animal.

El príncipe había mantenido su promesa. Junto a las provisiones encontraron un cofrecillo de acero con las cien mil rupias.

—Partamos —dijo contento el inglés—. Supongo que nuestro regreso a Baroda se realizará felizmente.

El elefante se puso en marcha de inmediato flanqueado por la escolta. Con paso rápido atravesó las calles principales de Pannah que a aquella hora estaban casi desiertas, pues el sol recién se había alzado.

A las seis de la mañana el paquidermo y la escolta atravesaron el bastión occidental, pasando por un grueso puente levadizo custodiado por una compañía de sikhs.

Alzando la vista hacia la vieja torre, Indri y Toby advirtieron con cierta emoción un cuerpo humano que colgaba de un galpón de hierro y en derredor del cual revoloteaban numerosas aves de rapiña.

—¿Lo conocéis, señores? —exclamó el jinete del rajá señalándolo con el dedo.

—¿Es algún asesino? —preguntó Toby mirándolo atentamente.

—Míralo bien, señor.

—No lo he visto en mi vida, ¿y tú Indri?

—Yo tampoco.

—¡Pero si es el faquir! —gritó el enviado del rajá.

—¿Sitama? —exclamaron al unísono Indri y Tobi—. Alguien ha engañado al príncipe.

El jinete hizo un gesto de profunda extrañeza. El oficial de la escolta adelantó su caballo y se ubicó bajo el ajusticiado. Él también dejó escapar un grito de furia.

—¡Hemos sido engañados! ¡Este hombre no es Sitama!

La cosa, aunque extraordinaria, era real. El muerto, que comenzaba a ser devorado por las aves de rapiña, era levemente parecido a Sitama, pero más gordo.

¿Cómo había sido efectuada aquella sustitución? ¿Los camaradas del faquir habían robado el cadáver reemplazándolo por el cuerpo de algún desgraciado desconocido, o el audaz bribón había llevado su habilidad hasta el extremo de hacer ajusticiar a otro hombre en lugar suyo?

Toby, dominado por una ansiedad profunda, bajó del elefante seguido de Indri y Bandhara.

—Haced bajar a ese hombre —ordenó a los sikhs que custodiaban el cuerpo.

Dos soldados subieron a la torre y cortaron la soga que sostenía el gancho metálico, arrojando al suelo el cadáver.

—Míralo bien, Bandhara —dijo Toby.

—Estoy seguro de que no es él —contestó el cornac.

—¡Por los tigres de la India! ¿Será un demonio ese hombre, para desaparecer a voluntad? —furioso, el inglés se volvió hacia el sargento encargado de la guardia—: ¿Se acercó alguien ayer por la tarde a esta torre?

—No, sahib.

—¿Son fieles tus hombres?

—Respondo de ellos como de mí mismo.

—¿Quién ajustició a este hombre?

—Nosotros, sahib.

—¿Quién fue el que te lo entregó?

—Cuatro guardias del rajá.

—¿Los conoces?

—Sí.

—¿Este es el mismo hombre que te entregaron?

—¡Oh, sí!

—¿Antes de ser ajusticiado opuso alguna resistencia?

—No pudo hacerlo, porque estaba embriagado con opio.

—Indri —dijo Toby con voz alterada—. Sitama ha huido.

—¡Quiere decir que no hemos destruido a todos sus cómplices!

—Sahib —dijo el oficial de la escolta adelantándose—. Regresaré a la ciudad para hacer arrestar a los cuatro soldados que condujeron aquí a este desdichado haciéndolo ajusticiar en lugar del faquir. Vosotros podéis continuar el viaje; yo os alcanzaré antes que abandonéis el altiplano.

—Esta tarde acamparemos en el Valle del Senar —dijo Toby—, recién mañana proseguiremos con nuestro viaje.

—En caso de que Sitama se encuentre aún en la cárcel, rogaré al rajá que le haga decapitar de inmediato y te llevaré su cabeza para que ninguna duda te quede sobre la muerte de ese miserable.

Toby subió nuevamente al hauda, tomó un cofrecillo que parecía muy pesado, descendió nuevamente, y lo dejó en manos del oficial, diciéndole:

—Estas son diez mil rupias que dividirás con todos los valientes que nos ayudaron a conquistar el Koh-i-noor.

—¡Viva el príncipe de Baroda! ¡Viva el cazador blanco! —gritaron los soldados.

—¡Al Valle del Senar! —ordenó Toby volviendo al elefante junto con Indri y Bandhara.

—Mantendré mi palabra —le dijo el oficial a modo de despedida.

—Partamos rápido —murmuró Indri—. Ya no estaré tranquilo hasta que salgamos de este país.

Luego se volvió hacia Dhundia y le dijo:

—Si te prometemos perdonarte la vida, ¿hablarás?

Un ligero estremecimiento sacudió el cuerpo de Dhundia, que permaneció silencioso.

—Tú puedes decirnos qué otros cómplices tenía Sitama en Pannah.

—Lo ignoro.

—¿No quieres hablar? En Baroda te esperan tormentos que aún no puedes imaginarte, y que Parvati compartirá contigo —exclamó Indri.

Dundhia palideció, pero no despegó los labios.

223

El elefante continuaba su marcha a través del altiplano, dirigiéndose hacia el Valle del Senar, en cuyo fondo se veía ondular el río homónimo.

La marcha se hacía cada vez más lenta, pues el descenso era muy peligroso. El paquidermo procedía con mil precauciones, asegurándose de la solidez del terreno antes de dar cada paso.

Al llegar a una explanada de unos cincuenta metros de ancho, los viajeros resolvieron hacer alto.

—Esperemos aquí la llegada del oficial del rajá —dijo Toby mientras bajaban del paquidermo—. Hemos avanzado lentamente y no puede tardar en reunirse con nosotros.

Tras haber encendido una hoguera prepararon la comida. Dhundia quedó en el interior del hauda, Bandhara, siempre desconfiado, le ató también las piernas, y para mayor seguridad dejó al pequeño Sadras a su lado con la orden de no perderle de vista.

Acababan de cenar, cuando oyeron en lontananza el galope de algunos caballos. Un grupo de jinetes llegaba hacia ellos a la carrera.

Bandhara subió sobre una roca y a la luz de los últimos rayos solares advirtió que se trataba de tres hombres que descendían al galope el último escalón del altiplano.

—Son soldados...

—Vamos a su encuentro, Indri. Preferiría que Dhundia ignore la suerte que ha corrido su cómplice.

—¡Amigos! ¡Somos nosotros! —exclamó el inglés.

—¡El cazador blanco! —el oficial desmontó de un salto.

—¿Nos traes la cabeza de Sitama? —preguntaron casi a coro.

El oficial los miró sin contestarles haciendo un gesto significativo.

—¿Huyó? —preguntó Indri avanzando un paso.

—Sí, señor.

—¡Maldición! —rugió Toby.

CAPÍTULO 32

El estupor y la cólera causados por aquella noticia enmudecieron a los dos amigos.

Sitama libre significaba más sorpresas, traiciones y peligros de toda especie. El Koh-i-noor que había costado tantos sacrificios y tantas vidas, y que representaba la salvación de Indri, no estaba seguro, porque aún había que recorrer un largo camino para llegar a Baroda.

—¿Huyó? —repitió finalmente Indri con voz hueca—. Ese hombre volverá a cruzarse en nuestro camino...

—Fue ayudado por misteriosos cómplices...

—¿Afiliados también a la infame secta de los dacoitas?

—Así es, sahib y... con él huyeron dos carceleros y los cuatro encargados de entregarlo a los guardias de la puerta de occidente.

—¿Quién era el hombre ajusticiado?

—Un pobre diablo arrestado en las minas por haberse tragado un diamante.

—¿Los sikhs lo ajusticiaron creyendo que era el faquir?

—Y nosotros creíamos haber destruido a todos los dacoitas de Pannah —exclamó Toby mordiéndose los labios—. ¿Se sabe hacia dónde huyó ese infame de Sitama?

—Nadie lo vio. El rajá ha hecho revisar esta mañana toda la capital, y sus mejores escuadrones recorren el altiplano. Pero ni Sitama, ni sus cómplices han sido hallados... solamente... se ha notado la desaparición de una banda de juglares y encantadores de serpientes que hacía tres semanas daban funciones en la plaza mayor de la ciudad.

—¿Estarán sobre nuestras huellas? —exclamó Indri estremeciéndose.

—No —contestó el oficial—, porque el camino que recorrimos estaba desierto.

—Apenas el elefante haya descansado, reiniciaremos la marcha —dijo Toby—. Una sorpresa en este valle sería desastrosa.

—Señores —dijo el oficial—. Regreso a buscar a mis hombres para recorrer el altiplano... Contad conmigo.

Montó nuevamente a caballo, hizo un saludo con la cimitarra y se alejó al galope seguido por sus compañeros.

Cuando llegaron al campamento, el elefante aún no dormía. Había devorado su ración y jugueteaba con el cornac arrojándolo por el aire con su trompa y recibiéndolo luego sin hacerle daño.

—Si juega no puede estar agotado —comentó Toby—, podríamos seguir la marcha unas horas más.

En aquel momento resonaron algunos disparos en la parte superior del valle y el eco los multiplicó contra las montañas.

—¡Tiros! —gritó Indri palideciendo—. ¿Contra quién habrán hecho fuego?

Dos nuevos disparos, luego otros cuatro, resonaron sombríamente.

—Seis tiros —contó Toby— y cinco antes son once. Han disparado contra el oficial y sus compañeros.

—En tal caso, Sitama ha tendido una emboscada al oficial.

—Así lo temo.

—Patrón, huyamos —dijo Bandhara—. Nos encontramos en mala situación para trabarnos en combate.

—¿Y dejaremos al oficial moribundo?

—No —intervino Indri—. No podemos abandonarlo. Vamos.

—Y si durante nuestra ausencia esos bandidos caen sobre el elefante. ¿Quién defenderá al Koh-i-noor? —inquirió Toby.

—De eso me ocupo yo —dijo Bandhara—. Me llevaré el elefante hasta la salida del valle, donde hay un viejo fortín ...

—Vete —contestó Indri— y vigila a Dhundia.

—Antes que dejarlo escapar lo mataré con mucho gusto.

Indri y Toby se habían armado con dos pistolas de recambio, revólveres y carabinas, y sin agregar más, se dirigieron hacia el valle.

Tras un cuarto de hora de desenfrenada carrera, los dos amigos se detuvieron agotados para recuperar el aliento.

Se encontraron sobre una segunda plataforma más ancha y baja que la que les sirviera para plantar su campamento. La montaña tenía allí una pendiente menos áspera y era fácil subir hasta la cima.

Amartillando las carabinas echaron una mirada al río y prosiguieron adelante, manteniéndose protegidos por la sombra proyectada por la pared de piedra.

Habían recorrido ciento cincuenta pasos, cuando descubrieron sobre la ribera una masa oscura.

—¿Qué es? —preguntó Indri apuntando con su arma.

—Parece un caballo —contestó Toby deteniéndose.

—Entonces es aquí donde atacaron al oficial.

—Bajemos a verlo.

Descendieron con toda precaución la suave pendiente hasta llegar a la orilla del río.

El animal, que era un hermoso caballo de negra crin, tenía el cráneo destrozado por dos balas que le habían entrado a la altura de las orejas, con orificio de salida por el lado opuesto.

—Creo que es el que montaba el oficial... —se lamentó Indri.

—¿Lo habrán asesinado?

—Calla, Toby...

—¿Qué has oído?

—Espera y cúbreme...

Pero el cazador en dos saltos llegó a la hendidura que se prolongaba a lo largo de la orilla. Medio minuto más tarde estaba junto a un cuerpo humano caído de bruces, con las piernas en el agua.

—¿Quién eres? —preguntó tratando de volverlo boca arriba.

Oyendo aquella voz, el herido hizo un esfuerzo para incorporarse, y lanzó un lúgubre gemido. El inglés reconoció en el desdichado al oficial de las guardias del rajá de Pannah.

—¿Quién ha sido? — le preguntó sosteniéndolo.

—Ellos..., los dacoitas.

—¿Sitama?

El oficial hizo un gesto afirmativo con la cabeza.

—¿Y los otros?

—Muertos... en el río... Emboscada.

—¡Maldición!

El desdichado no contestó. Se había abandonado completamente cerrando los ojos, un temblor agitó por un momento su cuerpo, y luego cesó bruscamente.

Toby le auscultó, advirtiendo que su corazón ya no latía.

—¡Ha muerto! —murmuró—. Pero nosotros te vengaremos... ¡Lo juro!

Apartó el cadáver para que la corriente no lo arrastrara y lo depositó en el extremo de la hendidura.

Luego, de un salto, llegó al sitio donde le esperaba Indri, junto al cadáver del caballo.

—Sitama está aquí —exclamó el ex favorito del gicowar cuando oyó todo lo que le narraba Toby—. ¿Cómo pudieron realizar semejante descenso durante la noche, con tantas cataratas?

—Lo ignoro, pero comienzo a creer que no son hombres, sino demonios.

Estaban por incorporarse, cuando vieron algunas sombras deslizándose sobre las rocas que flanqueaban la montaña.

—¿Hombres o monos? —preguntó Toby arrojándose precipitadamente tras del caballo.

—Hombres —contestó Indri.

—¿Por dónde bajaron?

—Por la ladera de la montaña.

—Los compañeros de Sitama.

—Así lo creo.

—En tal caso deben haberse separado para escapar más fácilmente a los soldados del rajá. Mientras unos descendían a lo largo del río, los otros pasaban por la montaña atravesando las quebradas y picos casi impracticables. Indri, amigo mío, aquí no sopla buen viento para nosotros…

—¿Crees que esos hombres nos han visto y vienen para atacarnos?

—Ya lo veremos… Por ahora no abandonemos el cuerpo de este animal, que puede servirnos de baluarte.

Los hombres que habían bajado por la ladera de la montaña, continuaban descendiendo hacia el sendero que franqueaba el río.

—¡Demonios de hombres! —balbuceó Toby maravillado.

—Evidentemente son juglares y saltimbanquis —contestó Indri—. Además, tú conoces la asombrosa agilidad de los hindúes.

Los dacoitas llegaron a la última plataforma, se detuvieron unos minutos para recuperar el aliento, y luego de anudar numerosas pajas, improvisando una cuerda, comenzaron el descenso final.

El extremo no llegaba hasta el sendero, ¿pero qué importancia tenía un salto de cuatro metros para aquellos hombres?

Uno tras otro se dejaron caer, lanzando gritos de triunfo, sin preocuparse pensando que si pisaban mal podían romperse las piernas.

Reunidos en el sendero, se echaron de bruces a tierra, comenzando a arrastrarse como serpientes, ocultándose tras de las rocas.

—Se dirigen hacia nosotros —murmuró Indri.

—¡Por mi vida! ¡Hemos sido descubiertos! —exclamó Toby.

El hindú se incorporó de rodillas mirando por encima del caballo. Los dacoitas estaban a cincuenta pasos de allí y continuaban avanzando.

—¿Quién vive? —preguntó.

—Soldados del huri —contestó una voz.

—En tal caso, que el comandante avance solo, para que podamos verificar su identidad.

—¡Aquí estoy!

Un hombre se incorporó tras una roca, pero en lugar de adelantarse disparó su fusil contra Indri y casi simultáneamente resonó otro disparo. Era el rifle de Toby que había fulminado al traidor.

—¿Estás herido? —preguntó el cazador de tigres a su amigo.

—No, la bala pasó sobre mi cabeza.

—No te expongas a otro disparo; ya sabemos con quién tenemos que vérnosla.

Los dacoitas, espantados por la precisión matemática del disparo, se habían detenido, aplastándose contra el suelo para ofrecer menos blanco.

—¡Mira!

—¿Qué ocurre?

—Algunos dacoitas están bajando al río para tomarnos por la espalda.

—Tranquilízate... Tienen que pasar por mi línea de tiro.

Toby arrojó una rápida mirada hacia el río. Cuatro hombres se deslizaban por la ribera tratando de llegar a la hendidura donde estaba el cadáver del oficial.

El cazador se acomodó y apuntó hacia dos rocas, en medio de las cuales debían pasar los cuatro bandoleros.

Transcurrieron algunos segundos y apareció una cabeza. El inglés, con la celeridad del rayo oprimió el disparador.

La detonación fue seguida de un grito. Los otros tres dacoitas se lanzaron hacia adelante para pasar sobre el cadáver y precipitarse a través de la hendidura, pero Indri también vigilaba.

Resonó un segundo disparo, y otro hombre se desplomó moribundo.

Los otros dacoitas, furiosos por el fracaso de sus camaradas, abrieron un fuego vivísimo.

Las balas entraban con sordo chasquido en el cuerpo del caballo sin conseguir atravesarlo. Indri y Toby, aplastados contra el suelo, les dejaban hacer.

Aquel tiroteo duró cinco minutos y luego cesó. Algunos hombres creyeron que Indri y Toby habían sido muertos, abandonaron su escondite y se lanzaron hacia adelante.

—¡Atención! —susurró el cazador a su compañero—. ¡Ya vienen! Hagamos un buen doblete.

Los dacoitas avanzaban cautelosamente con paso de lobo manteniéndose encogidos, y oprimiendo sus armas. Cada dos o tres pasos se detenían para escuchar, y luego, tranquilizados por el silencio, continuaban avanzando.

Eran cinco hombres guiados por un jefe, que de tanto en tanto daba sus órdenes en voz baja.

Indri y Toby no respiraban; aguardaban que aquellos asesinos estuvieron bien cerca para disparar a quemarropa.

231

Incorporándose simultáneamente, los dos amigos descargaron sus carabinas contra los enemigos que se habían detenido a quince pasos de distancia.

El efecto de aquel imprevisto ataque fue desastroso.

Eso era demasiado para los sobrevivientes.

Sin pensar en hacer fuego sobre aquellos dos hombres que ofrecían un blanco magnífico, se arrojaron al río aterrorizados.

—Este es el momento de irnos —dijo Indri—, el camino está libre.

—Con cuidado, amigo... No debemos dejarnos ver.

Cuando se encontraban a la sombra de la pared rocosa, se incorporaron y echaron a correr a toda velocidad, trepando por la pendiente.

Recorrieron así un kilómetro y medio aumentando siempre su velocidad, para detenerse de común acuerdo en un recodo del río.

—¿Continúan en su lugar? —inquirió Toby.

—Eso es lo que trato de averiguar... Temo que hayan recibido refuerzos, y traten de seguirnos. No te muevas, y veamos si entre ellos está el maldito faquir.

CAPÍTULO 33

Otra banda de hindúes semidesnudos y armados hasta los dientes, bajaban en dirección al río, por la ribera opuesta. Eran doce o catorce hombres no menos ágiles que los primeros y saltaban de una en otra roca, con tanta seguridad como aquéllos.

Probablemente se trataba de la banda capitaneada por el propio Sitama, que huyera a lo largo del río.

Habiendo oído las descargas, que en el profundo valle resonaban como verdaderos cañonazos, corrían para prestar ayuda a sus compañeros.

—¿Vendrán hacia esta orilla? —murmuró Indri.

—Me gustaría; pero no creo que tengan intención de hacerlo... ¡Ah! ¡Si tuviera a tiro a ese condenado faquir, con qué gusto lo fusilaría! Conformémonos con llegar hasta el elefante: este valle amenaza con convertirse en nuestra tumba.

Reiniciaron la carrera, conservando como guía el sendero que separaba caprichosamente la montaña y el río.

Una ansiedad les dominaba. Temían que el elefante hubiera sido atacado por otros dacoitas de la banda.

A medianoche, tras haber recorrido otros cuatro o cinco kilómetros, llegaban al extremo del Valle del Senar.

Más lejos comenzaban espesos bosques, y en una vasta explanada se advertían las murallas de un viejo fortín semiderruido.

—Ya llegamos —dijo Toby disminuyendo la velocidad de su carrera.

En aquel instante se oyó el sonoro berrido de un elefante y la voz del fiel Bandhara gritó:

—¿Quién vive? ¡Contestad o hago fuego!

—Baja la carabina, amigo —contestó Indri—. Somos nosotros, ¿Y Dhundia?

—Bien custodiado.

—¿Vino alguien durante nuestra ausencia?

—Sí, patrón; algunos hombres que rondaron en derredor del fortín, hasta que les disiparé un par de tiros.

—¿Podrá marchar el elefante?

—¿Más aún?

—Es necesario dejar este valle lo antes posible porque Sitama nos persigue.

—Sihor es valiente, y hará un nuevo esfuerzo —dijo el servidor—. Pobre animal, no se sentirá muy contento de interrumpir su sueño; pero caminará por lo menos otras tres horas.

—Serán suficientes.

El elefante, despertado por un balde de agua que le arrojó su cornac en la cabeza, se alzó agitándose perezosamente y sacudiendo las orejas con cierta impaciencia, pero al oír la voz conocida se calmó como por arte de magia.

Cuando todos subieron sobre su lomo, salió derribando de un trompazo parte de una muralla.

Jadeando y sacudiendo la enorme cabeza, para demostrar su mal humor, el paquidermo se puso al galope, encaminándose hacia la foresta que se extendía a lo largo de la orilla derecha del Senar.

Hasta aquel momento no se advertía la presencia de ningún ser humano ni en la selva, ni en la orilla del río.

Empero Toby, y sobre todo Bandhara, que conocía mejor que nadie la prodigiosa habilidad del faquir, no se ilusionaban. Tarde

234

o temprano aquel bribón encontraría las huellas dejadas por el elefante.

Comenzaba a despuntar el día.

El elefante con su poderoso pecho se abría camino abatiendo ramas y troncos, pero cuando hubo recorrido quinientos o seiscientos metros se detuvo de golpe sacudiendo las orejas y la trompa lanzando un largo berrido.

—Está agotado y se rehusa a continuar avanzando —dijo el cornac volviéndose hacia Toby.

—¿Cuánto crees que hemos recorrido desde el último alto? —preguntó el cazador.

—Nueve kilómetros.

—Podemos otorgarle dos o tres horas de descanso. ¿Serán suficientes?

—Si le damos de comer en abundancia, sí.

—Bajemos —dijo Indri—. Por el momento nada tenemos que temer.

Oyendo aquellas palabras que escaparan inadvertidamente de labios del ex favorito, Dhundia se sobresaltó...

—¡Sitama! —dijo mirando a Indri—. ¡Ah! ¡Aún vive!

—¿Tú crees, canalla que vendrá a liberarte, verdad?

—Por lo menos me vengará, y si lo mataras, Parvati seguramente lo hará.

—Eso lo veremos —contestó Indri sonriendo.

—Yo...

—Suficiente, o te hago amordazar — le interrumpió Toby con voz amenazante—. Tenemos demasiado con tu charla.

Dhundia, sabiendo que el ex sargento de cipayos no era hombre capaz de bromear, no habló más, se dejó transportar a la tierra, donde Bandhara y el cornac habían improvisado una pequeña cabaña con grandes hojas de bananero salvaje.

Comieron el resto de las provisiones que les quedaban y estando muy fatigados, aprovecharon la certeza que tenían de no ser atacados, para acostarse a dormir.

Bandhara, tras haber verificado las ligaduras de brazos y piernas de Dhundia, tomó una carabina y se introdujo entre los árboles.

—Cuando menos lo esperemos. Sitama caerá sobre nosotros —se dijo—. Tratemos de evitarlo.

La selva no tenía secretos para aquel hombre y sabía atravesarla sin exponerse al peligro de perderse, y sin hacer más ruido que una serpiente.

Resueltamente, en medio de la vegetación más espesa, donde el sol no podía penetrar, echó a andar aceleradamente, evitando con extraordinaria agilidad las raíces y ramas caídas.

Cuando se cruzaba con algún montón de hojas secas, se colgaba de las lianas y con una maniobra de cuadrumano, pasaba por encima, sin aplastarlas con los pies.

Había recorrido así alrededor de un kilómetro, cuando hasta sus oídos llegó un crujido que se repitió de inmediato.

Con toda celeridad se arrojó a tierra, ocultándose bajo las inmensas hojas de un bananero, y armó silenciosamente la carabina.

Durante unos segundos contuvo el aliento y hasta él llegó el ruido de una nueva rama al quebrarse.

Apoyó la cabeza contra el suelo, y cuando se incorporó, en sus ojos había una mirada inquieta.

—Dos hombres se acercan —dijo—. Serán los exploradores de la banda.

Repentinamente, se ocultó entre el follaje de un arbusto bajo y espeso dejándose caer al suelo.

En efecto, avanzaban con lentitud a través de la selva, mirando hacia la tierra como si buscasen huellas.

Respiraban dificultosamente, como si hubieran realizado una larga carrera. En la izquierda llevaban una carabina y en la derecha una especie de yatagán, con el que abrían camino entre la maraña.

—Son hombres de Sitama —se dijo Bandhara—. ¿Los mataré?

Los dos hindúes se habían detenido a veinte pasos de él, sentándose sobre las enormes raíces de un baniano.

—Detengámonos un momento —dijo uno de ellos. Ya estamos en buen camino.

—¿Se tratará del elefante de ellos, o de algún otro paquidermo?

—Sitama me dijo que abandonaron Pannah en un elefante que les regaló el rajá.

—Si los demás no llegan pronto, se nos escaparán. Nadie puede seguir a un elefante tanto tiempo...

—¡Bah! Ellos también deben haberse detenido. No pueden forzar demasiado al animal.

—Bribones —murmuró Bandhara—. ¡Nosotros os daremos la sorpresa! Vamos a advertir al sahib Toby y al patrón.

Veinte minutos más tarde, agotado por la carrera, llegó al campamento.

El elefante dormía junto a Indri, Toby y Sadras; el cornac vigilaba sentado frente a Dhundia que fingía roncar.

—¿Qué novedades? —preguntó el cornac viendo que Bandhara tenía el rostro muy alterado—. Pareces atemorizado.

—Tenemos que marcharnos. Han descubierto nuestras huellas.

—El elefante no querrá ponerse en marcha tan pronto. Necesita descansar.

—¡Ese faquir es más feroz que un tigre! —exclamó Toby—. ¿No nos dejará ni un momento de tranquilidad?

237

—¡No dormiremos tranquilos hasta que no le hayamos matado! —contestó Indri.

—Sahib —dijo en ese momento el cornac, acercándose—. El elefante se rehusa a levantarse, y yo no sirvo para maltratar animales.

—Empero no podemos quedarnos aquí, en medio del bosque... —dijo Toby—. Hubiera sido mejor permanecer en el fortín.

—Hay otra ruina no muy lejos de aquí —dijo el cornac del rajá—. Es una antigua pagoda. La muralla está derrumbada, pero el interior debe hallarse en buenas condiciones.

—Vamos a verla.

—¿Y el elefante? —preguntó Toby.

—Cuando no vea a su cornac, y oiga los primeros disparos, vendrá a buscarnos —dijo Bandhara.

—Llevemos la Montaña de Luz, las rupias, las armas y el resto de víveres que nos queda —ordenó Toby—. Tal vez a estas horas los dacoitas han entrado a la selva.

Vaciaron el hauda, cargando todo, desataron las piernas de Dhundia para obligarle a caminar, y se internaron bajo las plantas, precedidos por el cornac.

El elefante, viendo que su conductor se marchaba, lanzó dos o tres berridos y luego se resolvió a seguirlo jadeando y protestando ruidosamente...

238

CAPÍTULO 34

El cornac del rajá que conocía perfectamente aquellos lugares, seguía una senda invisible para los demás, pero que posiblemente había recorrido en numerosas oportunidades.

Confiaba en su instinto de hombre de los bosques con la seguridad de no equivocarse.

El elefante le seguía siempre abriendo un verdadero sendero a través de los vegetales.

Tras haber atravesado un terreno sembrado de ruinas se detuvieron en un pequeño calvero, en el centro del cual se alzaba una pagoda de proporciones gigantescas, con una gran cúpula, soberbias escalinatas, arcadas de mármol, y las consabidas estatuas representando las numerosas reencarnaciones de Visnú.

—¿Qué decís? —preguntó el cornac dirigiéndose a Toby y sus amigos que admiraban aquella soberbia construcción erigida tal vez cuatro mil años atrás.

—Maravillosa —dijo el ex sargento—. Es una verdadera fortaleza que nos ofrecerá un óptimo refugio.

—¿Y el elefante?

—Una escalera no le espanta, y me seguirá —contestó el cornac.

Subieron por una de las escalinatas, la principal, que era vastísima, y entraron en el templo.

La pagoda era inmensa, de forma rectangular; las paredes eran macizas y estaban en perfectas condiciones, siendo capaces de resistir inclusive los asaltos de un cañón.

La puerta, de bronce cincelado, con figuras de Siva, Visnú, Brahma y los Cateri, o sea, genios perversos hindúes, era de tal espesor que podía resistir los embates de un ariete.

—Esta es una fortuna inesperada —observó Toby—. Aquí podremos resistir durante un largo rato los ataques de Sitama y su banda.

—No hay ventanas para hacer fuego —le indicó Indri.

—Subiremos a la cúpula —contestó el ex sargento—. Veo una escalera que nos permitirá alcanzarla.

El paquidermo, no viendo más al cornac, se había resuelto a subir la escalinata y por fin entró al templo, bufando y agitando sus orejas.

—Sahib —dijo el cornac acercándose a Toby—, Sihor ha visto algo o ha oído algún ruido.

—¡Cierra la puerta! —ordenó el antiguo militar con voz tonante—. Y tú, Indri, sígueme con Bandhara a la cúpula.

—¿Y Sadras?

—Que permanezca de guardia junto al cornac.

Entonces el ex sargento llamó al chico:

—Mi valiente Sadras —le dijo—, puede ser que caigamos en la lucha, pues no se sabe lo que puede ocurrir en un combate. Si nos ves morir, júrame que matarás a Dhundia.

—Te lo prometo —contestó el niño con voz firme.

—Después, si te es posible, huirás a Pannah con la Montaña de Luz y contarás al rajá cuanto nos ha acontecido. El pensará en vengarnos.

—Ahora, vamos a presentar batalla a esos miserables —dijo Toby—. Mostrémosles que no tenemos miedo. Bandhara, trae todas las municiones que puedas.

240

Cerraron la puerta de bronce, haciendo apoyar contra ella al elefante para mayor seguridad, y luego se lanzaron sobre la escalera de caracol que llevaba a la parte superior de la cúpula.

—Desde aquí podemos hacer fuego en todas direcciones, sin exponernos a pasar un mal rato —dijo Toby.

—Y dominaremos los contornos de la pagoda —agregó Indri—. Se encontrarán con un hueso bien duro de roer.

—¡Por ahora no se muestran!

—Te engañas, patrón —dijo Bandhara que contemplaba atentamente el espeso grupo de bananeros que se hallaba frente a la escalinata—. Entre el follaje he visto brillar el caño de un fusil o la hoja de una espada.

—También yo lo he visto —agregó Toby—, tratemos de liquidar a la vanguardia antes de que vengan los demás.

Estaba armando la carabina, cuando tres o cuatro relámpagos brillaron entre la maleza. Toby y sus dos compañeros tuvieron apenas tiempo de protegerse tras el parapeto.

Los proyectiles pasaron silbando sobre sus cabezas y una bala se incrustó contra la pared.

Numerosos hombres, desnudos como gusanos, saltaban fuera de la espesura alzando y agitando amenazadoramente sus fusiles y sables.

Eran por lo menos un centenar. Corrían como dominados por un verdadero delirio, aullando como demonios y saltando como tigres enfurecidos.

Sin dejar de gritar, dieron una vuelta completa en torno a la pagoda, desapareciendo luego en el bosque, sin dar tiempo a que los tres hombres de la plataforma, asombrados por aquella imprevista irrupción, les saludaran con una descarga.

—¿Dónde puede haber encontrado Sitama tanta gente? —se preguntó Toby desconcertado.

—¿Podremos resistir? —inquirió Indri palideciendo.

241

—La puerta es sólida y las paredes monumentales —dijo Bandhara.

—Sí, pero comienzo a dudar de nuestra victoria —contestó Toby—. ¡Un centenar de hombres! Tal vez haya más entre la maleza y nosotros somos cinco.

En aquel momento, una voz potente se alzó desde el macizo de bananeros.

—¡Que el cazador blanco y el favorito del gicowar me escuchen!

—¡Sitama!

—¿Me habéis oído?

—Habla —invitóle Toby preparando su fusil.

—¿Queréis la paz o la guerra?

—¿A qué precio quieres ofrecernos la paz?

—La Montaña de Luz y la libertad de Dhundia.

—Ven a buscarlos a los dos...

—¿Quiere decir que rehusáis?

—Sí, puesto que tenemos la esperanza de saltarte la cabeza de un balazo y limpiar la tierra de un miserable de tu especie.

—Tengo cien hombres.

—Y nosotros quinientos cartuchos.

Se produjo un breve silencio, y luego por segunda vez los cien demonios irrumpieron de los bosques aullando como fieras y se esparcieron en torno a la pagoda, mientras abrían un fuego infernal contra la cúpula.

Indri, Toby, Bandhara y el cornac se arrodillaron tras del parapeto, resueltos a masacrar la mayor cantidad posible de hombres.

Los dacoitas continuaban disparando casi a ciegas, saltando a diestra y siniestra para no ofrecer blanco y envolviéndose con terribles alaridos.

Indri y Toby no consumían inútilmente su munición. Cada disparo firmaba la sentencia de muerte de un enemigo.

Empero no podían hacer fuego graneado, porque los atacantes tiroteaban la cúpula de la pagoda, obligándoles a ocultar las cabezas para no recibir una bala.

Quince minutos más tarde, una docena de cadáveres señalaba el sitio donde cayeron otros tantos dacoitas, mientras unos veinte heridos graves se arrastraban penosamente dejando verdaderos lagos de sangre.

Sitama, sin embargo, no aparecía. Se oía de tanto en tanto su voz salir del macizo de bananeros, pero se conservaba a salvo tras de algún tronco.

Aquel furibundo tiroteo duró en forma ininterrumpida otras veinte minutos, luego los bandidos comenzaron a retirarse hacia la selva, perdiendo valor. Las enormes bajas sufridas habían enfriado su entusiasmo, pero quisieron intentar un nuevo esfuerzo, con esperanzas de atrapar a los defensores por la espalda.

—¡Fuego contra esos! —ordenó Toby.

Indri y Bandhara, sin cuidarse de las balas que llovían en derredor, comenzaron a descargar las balas contra el grupo. Dos hombres cayeron, luego otros tres, pero los hindúes continuaban su carrera saliendo fuera del ángulo de tiro de los defensores de la cúpula y fueron a chocar contra la puerta de bronce, con tanta fuerza que la pagoda tembló como si hubiese sido sacudida por un terremoto.

Al mismo tiempo resonó un berrido espantoso; era Sihor, que montaba en cólera.

La puerta, desencajada por el formidable golpe, había caído sobre el elefante.

El paquidermo se incorporó ciego de rabia. Viendo a los hindúes que estaban por precipitarse en el interior de la pagoda, se lanzó en medio de ellos aplicando golpes a diestra y siniestra.

Se oyeron gritos desgarradores, mezclados con los berridos del paquidermo, y por fin se vio a los escasos sobrevivientes del grupo huir desesperadamente hacia la selva.

—¡Bravo, Sihor! —gritó Toby—. Este es un amigo con el que no contaba.

—La puerta ha sido derribada… —exclamó Indri.

—Sihor se encargará de defender la entrada.

—¿Y si lo matan? ¿Quién cuidará a Dhundia?

No había transcurrido un minuto, cuando los dos servidores enviados volvieron a subir, llevando a Dhundia siempre atado. Sadras les seguía empuñando las pistolas que le dejara Toby.

—El elefante mató a una docena de hombres... Los otros no querrán probar su trompa, patrón —dijo Bandhara alegremente.

Pero un grupo de hindúes protegidos por enormes troncos se deslizaba hasta la entrada, comenzando a arrojar trozos de algodón incendiado contra el elefante.

Sihor berreaba atronadoramente, sin atreverse a salir para cargar contra los atacantes Además, frente a aquella lluvia de fuego, retrocedía hacia el fondo de la pagoda, buscando otra salida.

Toby y sus camaradas concentraron sus disparos hacia los hombres que forzaban la entrada, pero con poca suerte, porque los troncos les protegían.

Repentinamente, la cúpula osciló por segunda vez: en el interior de la pagoda había resonado una detonación seguida de un espantoso estruendo metálico.

—¡Badhara! —gritó Toby—. ¿Qué ha ocurrido?

—El elefante ha derribado la otra puerta y huye de la pagoda...

Los dacoitas se precipitaron entonces hacia la pagoda, saludando aquella primera victoria con clamoreos estrepitosos.

—Esto es el fin —murmuró Toby—. Dentro de cinco minutos la terraza estará invadida... ¡Ah! ¡Pero si queréis a Dhundia, lo encontraréis muerto!

244

Arrancó a Sadras una pistola y la amartilló.

El inglés estaba por disparar contra el traidor, cuando en medio de los bosques resonó la metálica voz de algunas trompetas.

—¡Ordenan cargar! —exclamó Indri.

—¡Las trompas de los soldados de Pannah! —gritó el cornac del rajá—. ¡Estamos a salvo!

Entre el resonar de las trompetas y los disparos de numerosas carabinas, resonaban los relinchos de los caballos lanzados al galope a través de la selva.

Los dacoitas, asombrados y dominados por el espanto, cesaron el fuego y miraron en dirección al bosque. Los que habían entrado en la pagoda no sabían qué hacer y gritos de terror se alzaban por todas partes:

—¡Las tropas de Pannah! ¡Huyamos!

Demasiado tarde. Un escuadrón de magníficos jinetes, irrumpió sable en mano por la entrada principal de la pagoda.

Un segundo escuadrón llegó por el otro lado, fusilando a quemarropa a los fugitivos.

El comandante del escuadrón subió rápidamente la escalera interna de la pagoda y llegó a la terraza, diciendo a Indri y Toby:

—Ya no podréis criticar a la justicia del rajá de Pannah... He matado a Sitama.

—¡El faquir!

—Lo sorprendí en el momento en que estaba por escapar y lo maté de un buen sablazo.

—¿Pero, quién os advirtió que estos bandidos nos habían asediado en este sitio? —preguntó Toby.

—Los centinelas de los fortines, vieron como los dacoitas bajaron de las montañas y seguían a vuestro elefante... Nos dieron aviso, y volvimos reventando caballos...

La derrota de los dacoitas había sido completa. La mayor parte había caído bajo las cimitarras y fusiles de los dos escuadrones de caballería, consiguiendo salvarse tan solo unos pocos.

Sin embargo, el comandante hizo acompañar a los poseedores del Koh-i-noor por dos destacamentos de sus hombres queriendo evitar cualquier contingencia extraña.

Indri y Toby recompensaron generosamente a aquellos valerosos que les habían librado de una muerte cierta, y luego, la misma noche de la sangrienta jornada, subieron al elefante, que fue hallado a poca distancia y reiniciaron el viaje.

Tres semanas más tarde se detenían en Baroda, la capital del estado del gicowar, el más rico y espléndido príncipe de la India Occidental.

Su entrada fue realmente triunfal, porque el monarca, advertido por Bandhara, que precediera a su amo en un veloz caballo, había enviado a recibir al elefante por gran número de sus súbditos.

La noticia de que Indri regresaba con el Koh-i-noor, se esparció rápidamente por la ciudad y toda la población, que siempre había amado al generoso ministro del gicowar, se lanzó al paso de la escolta, envolviéndola como una marea humana.

Apenas llegados al palacio real, Indri y Toby sostuvieron una larga conversación con el gicowar, para demostrarle la traición infame urdida por su primer ministro junto a Dhundia y los dacoitas del Bundelkand.

—Te haré justicia —dijo el monarca abrazando a su ministro.

El mismo día, Dhundia fue ejecutado por el elefante-verdugo del príncipe, y Parvati sentenciado a destierro, con la amenaza de sufrir la misma suerte en caso de atreverse a regresar. Indri, a su vez, fue elevado al cargo de primer ministro.

¿Y Toby Ramal? El valiente cazador se despidió de sus amigos, llevando consigo al pequeño Sadras, a quien adoptó como hijo.

—Algún día regresaré —dijo a Indri antes de dejarlo—, pero mi sitio no está aquí... Aún me falta vengar a mi mujer y los tigres no aman las ciudades.

La Montaña de Luz no pudo permanecer mucho tiempo en el templo de Siva en Baroda. Tras numerosas circunstancias que sería inútil narrar, pasó a manos de los ingleses y actualmente brilla en la corona imperial de Inglaterra.

FIN

Printed in Great Britain
by Amazon